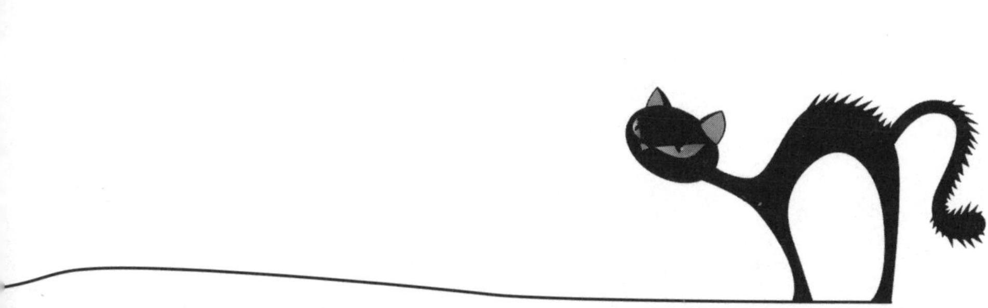

Frauke Scheunemann

Winston
Jagd auf die Tresorräuber

Alle Bände von **WINSTON**:

Band 1: Ein Kater in geheimer Mission
Band 2: Agent auf leisen Pfoten
Band 3: Jagd auf die Tresorräuber

Frauke Scheunemann

WINSTON

Jagd auf die Tresorräuber

Loewe

Für Christiane.
Das nächste Weihnachtsfest wird besinnlicher!

FSC
www.fsc.org
MIX
Papier aus verantwortungsvollen Quellen
FSC® C014496

ISBN 978-3-7855-8113-1
1. Auflage 2015

Umschlaggestaltung: Franziska Trotzer
Redaktion: Christiane Rittershausen
Printed in Germany

www.loewe-verlag.de

Bœuf Stroganoff, die Polizei und ein sehr hungriger Kater.

Babuschkas Laune wird zusehends schlechter. Sie steht in der Küche, wirft immer wieder einen Blick durch das Fenster und schüttelt dann so empört den Kopf, dass ihre imposante Hochsteckfrisur bedrohlich hin und her schwankt.

»Wo bleibt Anna mit Kind?«, schimpft sie laut vor sich hin, während sie die Töpfe vom Herd nimmt und neben die Spüle stellt. »Wenn noch lange warten, dann Essen nichts mehr gut!«

Essen nichts mehr gut? Das wäre aber schade, denn tatsächlich riecht das, was Babuschka da gekocht hat, ausgesprochen lecker, und ich habe mir schon große Hoffnungen gemacht, etwas davon abzubekommen. Das Gericht scheint überwiegend aus feinstem Rindfleisch zu bestehen, mir läuft schon das Wasser im Maul zusammen, wenn ich nur daran denke. Man nennt es *Bœuf Stroganoff*, was zwar ein seltsamer Name ist, aber Babuschka hat es schon mal gekocht, und es schmeckte ganz ausgezeichnet. Babuschka ist überhaupt eine ausgezeichnete Köchin, und die Tatsache, dass sie in letzter Zeit so oft durch unsere Küche wirbelt, kann ich als Mitglied dieser Familie nur begrüßen.

Ich, Winston Churchill, meines Zeichens sehr vornehmer und sehr schwarzer Britisch-Kurzhaar-Kater, habe nämlich einen äußerst verwöhnten Gaumen. Es empfiehlt sich also, frisch für mich zu kochen. Jedenfalls, wenn man mich bei Laune halten will. Und das gelingt Babuschka immer ganz vorzüglich. Aus diesem Grund genießt die alte Dame bei mir höchstes Ansehen.

Meine anderen menschlichen Mitbewohner sind da allerdings nicht unbedingt derselben Meinung. Da wäre zum einen der einzige Mann neben mir, Professor Werner Hagedorn. Wenn Babuschka ihn böse anguckt, weil er schon wieder seine Bücher überall rumliegen gelassen hat, dann seufzt er manchmal ganz tief. Ich glaube, er denkt dann an die Zeiten, als er noch allein mit mir in seiner schönen großen Wohnung lebte und seine Sachen einfach hinlegen konnte, wo er wollte. War das immer ruhig bei uns – herrlich!

Das änderte sich dramatisch, als Werner eine neue Haushälterin einstellte: Anna. Die zog gemeinsam mit ihrer Tochter Kira bei uns ein, und durch dieses dreizehnjährige Mädchen kam auf einmal richtig Leben in die Bude. Erst fand ich das total doof, aber nach und nach sah ich ein, dass mein bisheriges Leben eigentlich ziemlich langweilig gewesen war. Kira wurde meine beste Freundin, und gemeinsam haben wir sogar schon echte Kriminalfälle gelöst. Kinder und Katzen sind nämlich ganz hervorragende Detektive – zusammen einfach unschlagbar!

Was jetzt Babuschka mit alldem zu tun hat? Ganz einfach – sie ist die russische Großmutter von Kira und wohnt seit geraumer Zeit ebenfalls bei uns. Eigentlich wollte sie uns nur für ein paar Tage besuchen. Aber dann kam sie zu der Erkenntnis, dass ihre Hilfe in Sachen Kindererziehung und allgemeiner Lebensführung bei uns dringend benötigt würde. Also ist sie einfach geblieben.

Anna ist davon noch weniger begeistert als Werner – sie will nicht mehr mit ihrer Mutter zusammen wohnen. Ich weiß zwar nicht warum, aber Menschen sind offenbar nicht mehr so gern mit ihren Eltern zusammen, wenn sie erst mal groß sind. Gut, wir Katzen müssen unsere Familie zwar meist auch verlassen, wenn wir noch klein sind. Aber grundsätzlich hätte ich überhaupt nichts dagegen, wenn meine Mutter auch durch Werners Wohnung schnurren würde. Auch wenn sie im Gegensatz zu Babuschka überhaupt nicht kochen kann.

Mit entschlossenen Schritten stapft Babuschka jetzt an mir vorbei in den Flur. Ob sie runter auf die Straße will, um nach Anna und Kira zu suchen? Nein, sie holt sich nur das Telefon, das auf der Kommode neben der Wohnungstür steht. Energisch tippt sie darauf herum, dann hält sie es an ihr Ohr.

»Nedodniza takaja, gdjezhe ty? Pachemie nje padkhodish k tjeljefonu?«

Wenn Babuschka auf Russisch flucht, ist sie wirklich

sauer. Normalerweise bemüht sie sich, Deutsch zu sprechen. Für mich ist das aber kein Problem, denn mein Russisch ist ausgezeichnet, und so weiß ich, dass sich Babuschka gerade darüber ärgert, dass Anna nicht an ihr Telefon geht. Woher ich Russisch kann? Tja, das ist wirklich eine lange Geschichte und liegt im Wesentlichen daran, dass Kira und ich einmal die Körper getauscht haben, als wir beide in ein Gewitter geraten sind. Klingt unglaublich, ist aber wahr. Gott sei Dank konnten wir nach einiger Zeit wieder zurücktauschen, aber ein paar menschliche Fähigkeiten habe ich noch behalten. Seitdem kann ich nämlich nicht nur Russisch, sondern auch lesen und schreiben.

Babuschka dreht sich zu mir um. »Komm, Katerrr«, sagt sie mit rollendem R. »Wenn Anna und Kira zu spät, wir essen schon. Sollst du auch kriegen etwas von Stroganoff. Ist sähr leckerrr!«

Ich schnurre begeistert. Ein ausgezeichneter Plan! Und wenn die beiden das Mittagessen verpassen, bleibt bestimmt viel mehr für mich übrig! Normalerweise gibt's von Babuschka immer nur ein Häppchen für mich, aber nun scheint sie entschlossen, meinen Napf mit einer ordentlichen Portion zu füllen. Ganz nach meinem Geschmack.

Babuschka läuft wieder in Richtung Küche, ich stromere hinterher. Dort angekommen, stellt sie meinen Napf auf die Arbeitsplatte, greift nach einer großen Kelle und …

In diesem Moment höre ich, wie die Wohnungstür aufgeschlossen wird. Anna und Kira kommen nach Hause!

Babuschka legt sofort die Kelle zur Seite und läuft in den Flur zurück. Oh nein! Heißt das etwa kein Stroganoff mehr für mich? Warum müssen die denn ausgerechnet jetzt kommen? Trödeln erst stundenlang rum, um dann im völlig falschen Moment hier aufzukreuzen. Frechheit!

»Oma, Oma! Stell dir vor, die Polizei war heute in der Schule!« Kira kommt in die Wohnung gestürmt und pfeffert ihre Schultasche auf den Boden, was ihr gleich hochgezogene Augenbrauen von ihrer Großmutter einbringt. Babuschka schätzt es überhaupt nicht, wenn Sachen nicht sofort an ihren Platz gebracht werden, und die Schultasche gehört eindeutig nicht in den Flur, sondern ins Kinderzimmer.

Kira kümmert sich allerdings nicht um die Augenbrauen ihrer Großmutter, sondern erzählt aufgeregt weiter: »Im Sophie Scholl ist gestern Nacht eingebrochen worden! Den gesamten Tresor haben die Diebe gestohlen! Sie sind ins Zimmer vom Direx und haben den Panzerschrank aus der Wand gerissen. Und dann sind sie mit dem ganzen Teil abgehauen. Wahnsinn, oder?«

Maunz! Das klingt in der Tat ziemlich aufregend, und für einen klitzekleinen Moment vergesse ich sogar, dass ich Hunger habe. Die Sophie-Scholl-Schule liegt direkt neben dem Wilhelminen-Gymnasium, das Kira besucht. Während das Wilhelminen-Gymnasium mit seiner weißen Fassade und dem Türmchen fast wie ein Schloss aussieht, ist das Sophie Scholl ein imposanter roter Backsteinbau. Ein paarmal habe ich schon davor gewartet, weil die beiden Schulen einige Kurse und Arbeitsgemeinschaften zusammen veranstalten. Es fällt mir offen gestanden schwer, mir vorzustellen, wie Verbrecher einen ganzen Tresor aus diesem Haus tragen, das fast wie eine Festung wirkt – so riesig und uneinnehmbar.

Babuschka hingegen ist von Kiras Schilderungen überhaupt nicht beeindruckt. »Komm, setz dich in Kuche. Essen wird sonst kalt!«

»Oma, hast du überhaupt verstanden, was ich gerade erzählt habe? Da waren Verbrecher in der Schule!«

Dimitra Kovalenko gibt ein unwilliges Geräusch von sich und schüttelt den Kopf. *»Da, da«*, sagt sie schließlich, was auf Russisch *ja, ja* heißt, »hab ich schon verstanden. Aber verstehe nicht, warum ihr so spät? Braucht Polizei etwa deine Hilfe, Kind?«

Bevor Kira dazu noch etwas sagen kann, antwortet Anna, die mittlerweile auch im Wohnungsflur angekommen ist. »Nein, Mamuschka, aber meine! Kira hat nur auf mich gewartet.«

»Wie das? Du hilfst Polizei?«

»Genau. Die Polizei hat heute Mittag alle Personen befragt, die einen Schlüssel zur Eingangstür der Sophie-Scholl-Schule haben. Denn die Täter müssen ja irgendwie in die Schule gekommen sein. Und ins Direktorenzimmer.«

»Und du hast Schlussel?«

»Genau. Ich leite doch donnerstagnachmittags immer das gemeinsame Unterstufenorchester in der Aula vom

Scholl. Da brauche ich natürlich einen Schlüssel, um danach abzuschließen.«

Stimmt. Am Donnerstag kommt Anna immer spät nach Hause. Überhaupt ist sie mittlerweile mehr Musiklehrerin als Haushälterin. Das war sie schon in Russland, dem Land, aus dem sie vor fünf Jahren mit Kira ausgewandert ist. Dort, genauer gesagt in der Stadt Omsk, hat sie die Kinder in Klavier und Gesang unterrichtet. Und seit Kira zusammen mit mir und meinen Freunden von der Hofkatzenbande dafür gesorgt hat, dass der alte Musiklehrer des Wilhelminen-Gymnasiums ins Gefängnis gewandert ist, unterrichtet Anna dort Musik. Erst ab und zu, jetzt immer öfter. Für Werners Haushalt bleibt da nicht mehr viel Zeit.

Aber dafür haben wir ja nun Gott sei Dank Babuschka! Wenn Anna an der Schule arbeitet, schwingt Babuschka hier Putzlappen und Kochlöffel. Und wenn sie gerade keins von beidem tut, dann überwacht sie mit strengem Blick, dass Kira auch wirklich ihre Hausaufgaben macht oder brav Klavier übt. Eigentlich ist sie immer zur Stelle, wenn es etwas zu tun gibt. Wie praktisch, dass sie mittlerweile Werners kleines Arbeitszimmer bewohnt. Da hat sie es nie weit zu ihrem nächsten Einsatzort. Nur der arme Werner musste all seine Bücher, Akten und sonstigen Krimskrams mitsamt seinem Schreibtisch in eine Ecke des Wohnzimmers hinüberschaffen. Allerdings erträgt mein Werner das sehr tapfer und sagt, das sei nur ein Provisorium, bis Babuschka endlich eine eigene Wohnung gefunden habe. Ich finde, das klingt nach einem guten Plan.

Auch wenn ich überhaupt nicht weiß, was ein Provisorium ist.

Was ich auch nicht weiß: Wann bekomme ich nun endlich etwas von dem Bœuf Stroganoff? Mittlerweile habe ich einen wirklichen, ausgewachsenen Riesenhunger. Meine Menschen sollen sich bloß nicht einbilden, dass ich gerade schnurre! Es ist mein Magen, der knurrt!

Leider beachtet mich niemand. Stattdessen fährt Anna mit ihrer Schilderung der Polizeiaktion fort und bleibt dabei einfach im Flur stehen. »Wir wurden alle einzeln befragt, das hat natürlich ganz schön lange gedauert. Sie wollten wissen, ob uns etwas aufgefallen sei oder ob wir in letzter Zeit unseren Schlüssel mal verliehen oder verloren hätten.«

»Und, hast du?«, will Babuschka wissen.

Anna schüttelt den Kopf. »Nein. Das ist ja ein Generalschlüssel. Der passt auf alle Türen der Schule – den hüte ich wie meinen Augapfel!«

»Dann gut. Dann jetzt essen wir!«, verkündet Babuschka mit einer Stimme, die keinen Widerspruch duldet. Aber von wem sollte der bei einem so köstlichen Gericht auch kommen? Von mir bestimmt nicht!

Kira rollt mit den Augen, macht sich dann aber auf in Richtung Küche und setzt sich an den Tisch. Als ihre Großmutter ihr eine sehr ordentliche Portion auf ihren Teller häuft, ist sie gedanklich aber schon wieder bei dem Einbruch. »Weißt du, Oma, dass das schon der dritte Tresorraub innerhalb von nur vier Wochen war?«

»Woher soll ich wissen?«, fragt Babuschka. Sehr berechtigter Weise, wie ich finde. Ich wusste davon zum Beispiel auch nichts. Rein gar nichts! Und ich übertreibe nicht, wenn ich mich für einen ungewöhnlich gut informierten Kater halte.

»Ist aber so!«, erklärt Kira mit ernster Miene. »Eine Riesensumme Geld haben die Diebe schon erbeutet. Allein im Sophie Scholl sollen fünftausend Euro im Tresor gewesen sein – die gesamten Wocheneinnahmen der Schulkantine!«

Anna nickt und Babuschka reißt die Augen auf.

»Ja, der Koch ist völlig verzweifelt«, erzählt Kira weiter. »Wovon soll er bloß in den nächsten Tagen die Lebensmittel kaufen, um für uns zu kochen?«

Ach du heilige Ölsardine! Die Lage ist ernst! Nicht auszudenken, wenn es in der Kantine auf einmal kein Essen mehr gäbe! Sicher hat nicht jedes Kind so ein Glück wie Kira und eine Oma, die fast jeden Tag tolles Essen kocht. Hektisch schlage ich mit meinem Schwanz hin und her.

Anna lacht. »Guckt mal, Winston sieht ganz unglücklich aus. Sobald es ums Essen geht, hört bei ihm der Spaß auf. Komm, füll ihm ein bisschen Fleisch in sein Schälchen, Kira.«

Endlich! So bedauernswert das Schicksal des armen Schulkochs auch ist, bin ich doch froh, dass nun endlich mal jemand an mich denkt. Kira hantiert mit einem Löffel herum, dann stellt sie das Schälchen mitsamt seines köstlich duftenden Inhalts neben meinen Trinknapf. Gierig stürze ich mich darauf, es ist einfach zu lecker!

»Katerrr immer Hunger!«, stellt Babuschka fest. »Hat er guten Geschmack, aber wenn er zu dick wird, muss er halten Diät!«

Was heißt denn hier zu dick? Ich bin rank und schlank und wahrscheinlich in der Form meines Lebens!

Kira kichert. »Winston auf Diät? Da hätte unser Mitbewohner aber bestimmt ziemlich schlechte Laune. Andererseits: Ob es Odette egal ist, wenn er irgendwann eine richtige Plauze mit sich rumschleppt? Was meinst du, Winston? Findet sie dich auch mit Bäuchlein gut? Dann friss ruhig weiter.«

Was, bitte, hat denn Odette jetzt damit zu tun? Bei ihr handelt es sich zum einen um die schönste weiße Katze, die man sich vorstellen kann, zum anderen um meine beste Freundin. Sie bewohnt den Hinterhof unseres Hauses. Mit niemandem verstehe ich mich so gut wie mit ihr. Also, abgesehen von Kira. Und wenn es also jemandem völlig egal sein dürfte, ob ich ein bisschen fülliger um die Hüften geworden bin, dann doch wohl einer guten Freundin. Für die zählen nur meine inneren Werte. Und von denen habe ich reichlich! Ich bin schlau, freundlich, hilfsbereit, scharfsinnig und … äh, was habe ich noch vergessen? Ach ja, bescheiden bin ich natürlich auch noch. Und ungeheuer mutig. Sonst hätte ich nicht schon zwei echte Verbrecher dingfest gemacht. Und außerdem sehe ich auch noch sehr gut aus. Bauch hin oder her. Oder etwa nicht?

Verstohlen blicke ich an mir entlang. Bin ich wirklich ein wenig dicker geworden? Hm, vielleicht einen Hauch. Und sollte das Odette tatsächlich stören? Ich meine, ich bin noch lange nicht so dick wie Spike, der Kater, der sich ebenfalls in unserem Hof rumtreibt. Und natürlich sehe ich viel gepflegter aus als Karamell, Spikes Kumpel, der zwar dünn, aber struppig ist. Aber was, wenn Odette mich nicht mehr so schön findet, wie ich sie?

Bei diesem Gedanken bleibt mir das letzte Stück Bœuf Stroganoff glatt im Halse stecken, nur mühsam kann ich es herunterschlucken. Ich beschließe, in nächster Zeit mehr auf meine Ernährung zu achten und mich mehr zu bewegen. Laufen ist bestimmt gut für die Figur, und wenn ich ehrlich bin, war ich in den letzten Wochen relativ faul. Immer nur auf dem Sofa herumzuliegen oder höchstens eine Runde im Hof herumzustromern, ist einfach nicht das Richtige, wenn man in Form bleiben will.

Allerdings habe ich gar keine Lust, allein durch Hamburg zu rennen. Dabei wäre das kein Problem, wir haben nämlich seit ein paar Wochen eine Katzenklappe in unserer Wohnungstür und der Haustür. Das war Babuschkas Idee. Aus unerklärlichen Gründen war sie der Meinung, die Kratzspuren, die ich unserer Tür schon zugefügt hatte, wenn ich nach Ausflügen wieder in die Wohnung wollte, seien auf Dauer nicht so schön. Trotzdem beschließe ich, mit meinen sportlichen Ambitionen lieber zu warten, bis Kira mal wieder in der Stadt unterwegs ist. Es macht einfach viel mehr Spaß, wenn man Gesellschaft hat.

Ich straffe meinen Körper und werfe Kira einen Blick zu, der hoffentlich pure Unternehmungslust signalisiert. Also, meine Liebe: Wenn du heute Nachmittag losziehst – ich bin dabei! Wäre doch gelacht, wenn ich nicht binnen kürzester Zeit wieder ein Top-Figur hätte …

Viele Fragen und das Gesetz der Serie.

»Barmbek, Lurup, Billstedt – und jetzt Harvestehude! Vier Hamburger Stadtteile, alle in völlig unterschiedlichen Ecken! Was sagt uns das?« Tom schaut fragend in die Runde.

Ich schaue fragend zurück. Mir sagt das nämlich überhaupt nichts. Aber ich bin sowieso nicht im Schweinsgalopp hinter Kira hergehetzt, um irgendwelche Rätsel zu lösen, sondern um mir meinen nichtvorhandenen Bauch abzutrainieren! Stattdessen sitze ich nun hier, auf dem Bett im Kinderzimmer von Kiras Schulfreund Tom, und soll mir den Kopf über Hamburger Stadtteile zerbrechen. Da wäre ich doch lieber zu Hause geblieben.

Pauli, der Dritten im Bunde, scheint es gerade ähnlich zu gehen wie mir. Denn anstatt Toms Frage zu beantworten, gähnt sie herzhaft. »Echt jetzt, Tom! Ist mir völlig egal, wo die Tresorräuber schon zugeschlagen haben. Ich verstehe nicht, warum dich das so beschäftigt. War doch nicht unsere Schule, die es getroffen hat.«

Tom schnaubt. »Also wirklich, Pauli! Wie kann man nur

so gleichgültig sein? Hamburger Schulen werden Opfer einer richtigen Serie von Verbrechen, und das interessiert dich nicht? Willst du denn nicht wissen, wer dahintersteckt?«

Pauli schüttelt energisch den Kopf. »Nee. Solange die mir nichts geklaut haben, ist mir das egal. Und außerdem: Wozu gibt's eigentlich die Polizei? Die wird sich schon darum kümmern und die Täter fassen. Das sind schließlich Profis.«

Tom rollt mit den Augen. »Die Polizei! Du weißt doch mittlerweile selbst, dass man denen ab und zu unter die Arme greifen muss! Stell dir bloß mal vor, dass noch etwas Schreckliches passiert. Etwas, das wir hätten verhindern können. Dann wirst du dich ärgern, dass wir nichts unternommen haben!«

Wo er recht hat, hat er recht. Als vor ein paar Monaten Kiras Schulfreundin Emilia entführt wurde, haben Kira, Tom, Pauli und sogar wir Katzen mit vereinten Kräften dafür gesorgt, dass Emilia wieder wohlbehalten zu Hause ankam. Und auch Annas verbrecherischer Exfreund Vadim ist letztlich von mir und den Kindern überführt worden. Aber das ist eine andere Geschichte und ich persönlich hätte überhaupt nichts dagegen, wenn mein Leben in Zukunft in ruhigeren Bahnen verlaufen würde.

Auch Pauli schaut noch sehr zweifelnd. »Ich weiß nicht … Ich dachte, wir wollten Mathe üben. Da passiert mir sonst nämlich garantiert etwas Schreckliches, was wir hätten verhindern können!«

Kira kichert. »Schon klar«, sagt sie grinsend, »da kann dir dann natürlich auch die Polizei nicht mehr helfen. Reale Zahlen und Dezimalbrüche – das haut den stärksten Kommissar aus den Latschen!«

Jetzt prustet auch Pauli los, und schließlich können sich Kira und Pauli vor Lachen gar nicht mehr halten. Sie wiehern geradezu, während Tom sehr säuerlich guckt. Verstehe ich. Ist nicht gerade schön, so lauthals verlacht zu werden.

Die Zimmertür öffnet sich und ein etwas älterer Junge schaut herein. Er hat kurze braune Haare und trägt eine Brille wie Tom. Allerdings ist er bestimmt zwei Köpfe größer und noch dünner als der schlanke Tom. Offenbar wird er sehr schlecht gefüttert, der Arme! Ich habe ihn schon ein paarmal gesehen – es ist Nico, Toms älterer Bruder.

»Sagt mal, geht's vielleicht etwas leiser?« Er klingt sehr vorwurfsvoll. »Ich sitze nebenan und muss lernen. Außerdem dachte ich, ihr wolltet das auch tun. Wenn Tom mir erzählt hätte, dass er hier eine Party plant, hätte ich gleich gesagt, dass das heute nicht geht. Falls du es vergessen hast, Bruderherz: Ich schreibe nächste Woche meine Mathe-Abi-Klausur und brauche Ruhe!«

Tom schiebt sich mit einer schnellen Handbewegung die Brille ein Stück höher und seufzt. »Tut mir leid, Nico. Wir sind jetzt ruhiger.«

Ohne ein weiteres Wort zieht Nico seinen Kopf wieder aus dem Türspalt zurück und schließt die Tür mit einem energischen Ruck. Tom wendet sich Kira und Pauli zu, die sich mittlerweile wieder beruhigt haben. Besonders schuldbewusst wirken sie aber nicht.

»Spaßbremse«, murmelt Pauli leise. Ich hingegen weiß nicht so recht, was ich über Nicos Auftritt denken soll. Liegt vor allem daran, dass mir nicht ganz klar ist, was eine Mathe-Abi-Klausur ist. Genau genommen habe ich den Begriff noch nie zuvor gehört. Scheint aber irgendetwas enorm Wichtiges zu sein.

»Okay, dann üben wir jetzt eben auch Mathe«, beschließt Tom. »Aber dass ihr so gar nicht neugierig seid, zu welchen Erkenntnissen ich schon über die Tresorräuber gelangt bin, finde ich wirklich enttäuschend.«

Gut, Tom drückt sich für seine dreizehn Jahre immer ein bisschen geschwollen aus und klingt dann fast so wie mein Professor, aber auch ich wundere mich ein bisschen darüber, dass die beiden Mädchen nicht wissen wollen, was sich Tom Schlaues überlegt hat. In meiner Katzengestalt kann ich ihn leider nicht fragen, sonst hätte ich es tatsächlich schon getan.

»Na gut«, zeigt sich Kira endlich gnädig, »erzähl schon. Was sagt uns denn die Tatsache, dass die Täter schon überall in Hamburg aktiv waren?«

Ein Strahlen geht über Toms Gesicht. Ganz offensichtlich unterhält er sich lieber über Verbrecher als über Dezimalbrüche. Was auch immer Letzteres sein mag. »Ist doch völlig klar: Das sind echte Profis. Berufsverbrecher!«

Pauli und Kira gucken ihn fragend an. »Wieso? Wie kommst du darauf?«

Tom seufzt, als wäre diese Frage ziemlich dumm. Allerdings kann ich mir auch nicht erklären, wie Tom zu diesem Schluss kommt. Und ich bin nun anerkanntermaßen ein ziemlich schlauer Kater, wenn nicht gar der schlauste weit und breit!

»Ist doch logisch: Diese Verbrecher haben einen richtigen Plan. Sie scheinen genau zu wissen, in welchen Hamburger Schulen Tresore mit lohnendem Inhalt, sprich: viel Geld stehen und wie man am besten an sie rankommt. Das sind keine Gelegenheitsdiebe, die mal eben die nächste Schule überfallen. Nein, ich bin mir sicher: Das sind Vollprofis.«

»Und wennschon. Dann sind es eben Vollprofis«, entgegnet Pauli und klingt dabei gelangweilt. »Ein Grund mehr, die Sache der Polizei zu überlassen. Die haben bestimmt nicht auf drei Siebtklässler gewartet, die ihnen schlaue Tipps geben. Und überhaupt – welche Tipps sollten das auch sein? Willst du bei der Polizei anrufen und sagen: ›Entschuldigen Sie bitte, aber ich glaube, die Schultresorräuber sind Berufsverbrecher‹? Die lachen sich doch schlapp. Das wissen die nämlich garantiert schon selbst.«

Trotzig schüttelt Tom den Kopf. »Quatsch, ich habe garantiert nicht vor, schlaue Ratschläge zu erteilen. Aber ich glaube, hinter dieser Verbrechensserie steckt ein Muster. Und wenn es uns gelingt, zu erkennen, welches Muster das ist, dann können wir vielleicht vorhersagen, welche Schule es als Nächstes treffen wird. Wenn wir dann die Polizei informieren, müssen die sich doch nur auf die Lauer legen und können die Verbrecher dann auf frischer Tat erwischen und einbuchten. Ich bin mir sicher, es gibt ein Gesetz der Serie. Wir müssen es nur finden.«

Kira lacht. Diesmal allerdings deutlich leiser. »Echt jetzt, Tom! Wie soll das denn gehen? Wir haben doch keine Kristallkugel, durch die wir mal schnell einen Blick in die Zukunft werfen können.«

Verwundert schaue ich zwischen Kira und Tom hin und her. Was hat denn das mit einer Kristallkugel zu tun? In die kann man reingucken und etwas sehen? Funktioniert das so ähnlich wie der Fernseher? In dem kann man schließlich auch Sachen sehen, die an einem ganz anderen Ort auf der Welt stattfinden. Allerdings wohl kaum, wenn sie in der Zukunft liegen. Falls das mit einer Kristallkugel wirklich funktioniert, wäre das natürlich eine tolle Sache.

Ich überlege, wo ich zuletzt so eine Kugel gesehen habe. Wahrscheinlich bei Frau Hagedorn, Werners Mutter. Allerdings schwamm da noch ein Goldfisch drin herum. Ob das dann mit der Zukunft auch noch funktioniert? Falls nicht, hätte ich schon eine Idee. Ich müsste ja nur mal kurz mit der Tatze in die Kugel hineinlangen und dann … dürfte mich allerdings nicht dabei erwischen lassen. Menschen sind meist furchtbar zimperlich, wenn es um Zierfische und andere unsinnige Haustiere geht. Die schlecht erzogenen Nichten und Neffen von Werner hatten mal einen kleinen Hamster, und als ich ein bisschen mit dem spielen wollte, habe ich furchtbaren Ärger bekommen – unglaublich! Also, ich hätte ihm wirklich nichts getan und außerdem war das Geräusch, was der mit seinem blöden Laufrad verursacht hat, auch echt nervtötend.

Aber ich schweife ab. Wo bekommen wir nun schnellstmöglich eine Kristallkugel her, um der Polizei den passenden Hinweis liefern zu können?

Ein schnaubendes Geräusch reißt mich aus meinen Gedanken. Es ist Tom, der sich offenbar über Kiras Bemerkung ärgert. »Ha, ha, Kristallkugel, sehr witzig ... Aber mach dich nur lustig über mich, ich weiß, dass ich recht habe. Kommt schon, Mädels – lasst uns wieder das geniale Ermittlerteam sein, das wir schon mal waren! Wenn wir die Fakten genau analysieren, können wir bestimmt herausfinden, wo der nächste Einbruch stattfinden wird. Ich weiß, wir kriegen das hin! Und zwar garantiert ohne Kristallkugel.«

Ach so, das mit der Kugel war ein Scherz? Wann Menschen einen Witz machen und wann sie es ernst meinen, ist für mich als Kater nicht immer leicht auseinanderzuhalten.

Kira zuckt mit den Schultern. »Klar, Tom, natürlich könnten wir das. Das Gesetz der Serie – ich hab's schon verstanden. Was ich hingegen noch nicht verstanden habe, ist das Distributivgesetz. Und das kommt in der Mathearbeit morgen bestimmt dran. Deswegen sind wir doch eigentlich alle hier. Also, was besagt das noch mal?«

Tom guckt sehr ernst. »Kira, ich habe es recherchiert – alle diese Schulen haben eines gemeinsam: Schulkantinen, in denen man mit Bargeld bezahlen kann. Da werden also garantiert jede Woche große Mengen von Geld eingenommen.«

»Das besagt das Distributivgesetz? Also, wenn in der Arbeit morgen danach gefragt wird, dann schreibe ich, dass man in der Kantine bar zahlen kann«, kichert Pauli.

Tom stöhnt und lässt sich von seinem Bett auf den Fußboden kippen, wo er liegen bleibt und mit Armen und Beinen zuckt. Das sieht zugegebenermaßen sehr lustig aus, und wenn ich es könnte, würde ich nun auch lachen. So gebe ich nur einen Laut von mir, der entfernt einem Prusten ähnelt. Hat immerhin den Vorteil, dass Nico das im Nebenzimmer kaum hören wird!

Kira streckt ihre Hand nach mir aus und krault mich hinter den Ohren. »Du findest das auch komisch, richtig, Winston?«

Ich schnurre zur Bestätigung.

Tom rappelt sich vom Teppich auf. »Also, wenn ich jetzt hier sogar schon vom Kater ausgelacht werde, dann spare ich mir weitere Ausführungen zu meinen genialen Erkenntnissen. Ihr Ignoranten wisst es offenbar sowieso nicht zu würdigen. Aber keine Sorge, ich komme auch ohne euch bestens klar. Dann kümmern wir uns eben gemeinsam um das Distributivgesetz, und die Verbrecher bringe ich allein zur Strecke.«

Moment mal, was heißt denn hier *sogar schon vom Kater* und *Ignoranten*? Frechheit! Ich bin schließlich hochbegabt! Beleidigt hüpfe ich vom Bett herunter und mache mich auf in Richtung Tür. Wenn Tom nicht erkennt, welche Bereicherung ich für sein Ermittlerteam wäre, ist er selbst schuld. Ich werde ihm nicht hinterherlaufen. Da schaue ich doch lieber bei uns im Hof nach, was meine Katzenfreunde im Allgemeinen und Odette im Besonderen machen. An der Zimmertür angekommen, kratze ich mit meinen Krallen am Türrahmen auf und ab.

Kira schaut zu mir. »Ich glaube, Winston will mal raus. Mathelernen ist ihm wahrscheinlich zu langweilig. Ich habe mich sowieso schon gewundert, warum er vorhin unbedingt mitkommen wollte.«

Könnte Kira noch meine Gedanken lesen, wüsste sie, dass es nicht mein Interesse an der Mathematik, sondern nur die Sorge um meine Figur war, die mich vor die Tür getrieben hat. Tatsächlich konnten wir uns in Gedanken unterhalten, als wir die Körper miteinander getauscht hatten. Seitdem jeder von uns wieder in seiner eigenen Haut – beziehungsweise seinem eigenen Fell – steckt, geht das aber nicht mehr. Trotzdem können Kira und ich uns meist ziemlich gut miteinander verständigen – echte Freunde brauchen eben keine großen Worte! Und deswegen steht Kira jetzt auch von ihrem Stuhl auf, öffnet mir erst die Zimmertür, dann die Wohnungstür und begleitet mich dann ein Stockwerk nach unten, um mir schließlich noch die Haustür zu öffnen.

Zum Abschied geht sie in die Hocke und krault mich hinter den Ohren. »Du hast es gut, Winston! Kannst noch ein bisschen spazieren gehen, während ich lernen muss.

Manchmal ist es wirklich blöd, ein Kind zu sein. Also, viel Spaß!«

Ich schnurre und schlecke kurz über Kiras Finger, dann stromere ich zurück in Richtung Heimat. Kira hat recht: Lieber hänge ich mit meinen Freunden Odette, Spike und Karamell ab, als mir von Tom das Distributivgesetz erklären zu lassen. Ich bin mir ziemlich sicher, dass man das als Kater niemals nie braucht!

Die vier Muskeltiere reloaded. Jedenfalls beinahe.

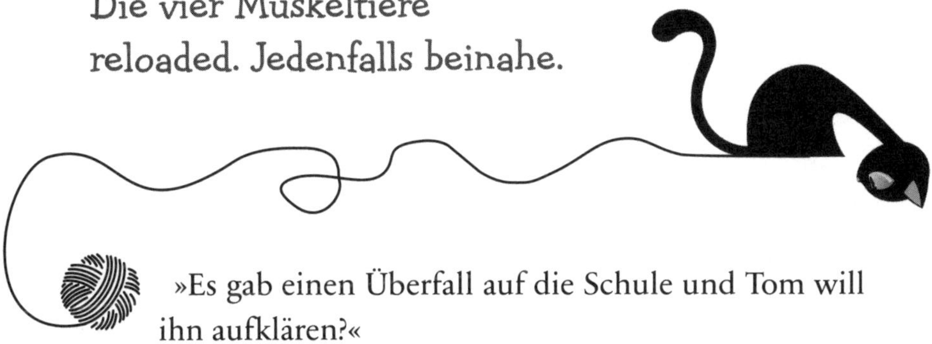

»Es gab einen Überfall auf die Schule und Tom will ihn aufklären?«

Spike sitzt auf dem Unterstand für die Mülltonnen in unserem Innenhof und starrt mich mit weit aufgerissenen Augen an – ob vor Entsetzen oder vor Begeisterung, ist mir nicht ganz klar.

»Superklasse! Da sind wir doch dabei, oder?«

Okay. Begeisterung.

»Ich weiß nicht«, murre ich. »Wieso müssen ausgerechnet wir jeden Kriminalfall im Umkreis von zehn Kilometern lösen?«

Spike schnaubt. »Erstens: Weil wir die vier Muskeltiere sind. Zweitens: Was bedeutet Kilometer?«

Mit Ersterem hat Spike eindeutig recht: Spike, Odette, Karamell und ich hatten unter diesem Namen einen Agentenring gegründet und uns vorgenommen, möglichst viele Abenteuer zu erleben. Den Namen hatte ich in irgendeiner Geschichte aufgeschnappt, die mir Werner mal vorgelesen hatte und die von drei tollen Typen handelt, die immer zusammenhalten und gemeinsam gegen das Böse kämpfen. Passte also total! Irgendwann fiel uns zwar auf, dass die Muskeltiere in Wirklichkeit Musketiere heißen, aber das war uns dann wurst.

Ich finde die Agenten- und Abenteuersache auch nach wie vor toll – es ist nur wirklich bedauerlich, dass man dafür ständig das Sofa verlassen muss und auch regelmäßige Mahlzeiten im Agentendasein nicht unbedingt vorgesehen sind. Insofern hätte ich überhaupt nichts gegen eine kleine Abenteuerpause in meinem Leben. Gerade als ich Spike das aber genauer auseinandersetzen will, schiebt sich Odette zwischen uns beide. Es ist kein Zufall, dass sie nun auch zu uns kommt. Das Plätzchen über den Mülltonnen im Hof von Werners Haus ist ein beliebter Treffpunkt von uns Katzen, es ist nämlich das mit Abstand sonnigste Fleckchen.

»Lasst mich mal in eure Mitte, Jungs!«, schnurrt Odette. »Wenn es hier um ein neues Abenteuer geht, muss ich es unbedingt wissen!«

Bevor sie sich setzt, streift Odette einmal komplett an meiner Seite vorbei, ganz eng, Fell an Fell, und für einen kurzen Moment habe ich ein Gefühl, als bliebe mein Herz stehen – nur um den Bruchteil einer Sekunde danach regelrecht zu rasen. Fast fühlt es sich an wie damals, als ich vom Blitz getroffen wurde und mich anschließend im Körper von Kira wiederfand. Aber nur fast. Denn während es damals ein verdammt unangenehmes Gefühl war, ist es nun das genaue Gegenteil: ein verdammt angenehmes Gefühl. Und diesmal bleibe ich in meiner eigenen kleinen Katzengestalt und kann den Moment voll und ganz genießen.

»Winston? Alles in Ordnung bei dir?« Spike schaut mich fragend an.

»Äh, klar. Wieso?«

»Du sabberst. Und zwar nicht zu knapp. Ich dachte bisher, das passiert nur Hunden.«

Ich sabbere? Heilige Ölsardine! Ich schaue an mir herunter. Tatsächlich ist das schwarze Fell auf meiner Brust schon ganz durchnässt und links und rechts von meinen Schnurrhaaren rinnt es fröhlich weiter. Vermutlich werde ich gleich in einer Pfütze stehen … Wie peinlich ist das denn?

Verlegen fahre ich mir mit den Tatzen am Maul vorbei. »Ich … äh … ich bin wohl etwas verschnupft.« Als Beweis schnaufe ich etwas vor mich hin. Odette und Spike beäugen mich mitleidig. »Aber ansonsten topfit«, schiebe ich deshalb schnell hinterher und versuche, dabei besonders wild und gefährlich auszusehen. Wild und gefährlich zu sein ist nämlich genau das, was Odette besonders an einem Kater schätzt. Und damit ist sie bei mir natürlich an der richtigen Adresse, denn ich, Winston Churchill, bin einfach ein toller Kerl! Mutig und verwegen, schlau sowieso. Und wenn ich so recht darüber nachdenke, brauche ich auch gar keine Abenteuerpause. Im Gegenteil! Von mir aus kann es gleich wieder losgehen!

Trotzdem beschleicht mich manchmal das Gefühl, dass

Odette mich nicht ganz ernst nimmt. Ich habe dafür keine Beweise, sie hat nie so etwas in die Richtung gesagt, aber manchmal zwickt es mich ein bisschen und meine Schwanzspitze juckt. Und dann denke ich, dass ich in ihren Augen kein Held, sondern eher der nette Kumpel von nebenan bin – obwohl ich gemeinsam mit ihr schon mal einen echten Verbrecher gejagt und dingfest gemacht habe. Wenn ich das doch nur ändern könnte!

»Also, was ist jetzt?«, reißt mich Spike aus meinen Gedanken.

»Hä?«

»Na, bist du fit genug, dich mit uns in ein neues Abenteuer zu stürzen?«

»Das soll wohl ein Witz sein! Ich bin fitter als fit!«

Odette legt den Kopf schief. »Ich denke, du bist erkältet?«

Ich setze mich gerade hin, strecke meine Brust raus und hebe den Kopf. »Als ob eine Erkältung einen Kerl wie mich umhauen könnte! Nee, nee, da muss mehr passieren, ehe ich mich geschlagen gebe!«

»Prima, Kumpel!« Spike stupst mich in die Seite. »Dann bist du also dabei. Fehlt nur noch ein guter Plan, wie wir diese Überfallserie aufklären können. Was genau hat Tom denn davon erzählt?«

Ich überlege kurz. »Hm, eigentlich nur, dass er denkt, dass ein bestimmtes System dahintersteckt und man den Verbrechern auf die Spur kommen kann, wenn man das System kennt.«

»Aha, *System*, verstehe«, murmelt Spike, und ich glaube ihm kein Wort. Ein Kater, der nicht weiß, was *Kilometer* bedeutet, weiß mit Sicherheit auch nicht, was hinter dem Wort *System* steckt. Odette guckt ebenfalls skeptisch.

»Das klingt irgendwie nach einer komplizierten Geschichte. Ich meine, wo wollen wir denn da mit unseren Ermittlungen beginnen?«

Wo sie recht hat, hat sie recht. Auch ich bin gerade ratlos.

Spikes Schwanzspitze beginnt zu zucken. Offenbar hat er eine Idee. »Warum machen wir es nicht wie beim letzten Mal? Wir beobachten die Schule. Und zwar so lange, bis wir etwas Verdächtiges bemerken.«

»Ich glaube, das ist nicht ganz so einfach, wie du denkst, Spike«, werfe ich ein. »Als wir Emilia gesucht haben, haben wir ihr Elternhaus beobachtet. Aber vor welches Haus sollen wir uns denn nun setzen?«

»Na, sagte ich doch. Vor die Schule.«

Odette legt den Kopf schief. »Ja, aber vor welche?«

»Gibt es etwa mehrere davon?« Spike guckt uns erstaunt an, und ich muss mich sehr zusammenreißen, um mich nicht vor Lachen auf dem Boden zu rollen. So beschränke ich mich auf ein lautes Schnauben.

Odette hingegen schüttelt den Kopf. »Spike! Natürlich gibt es mehrere Schulen! Also, bestimmt …«, sie überlegt kurz, »… na ja, ist jetzt schwer zu sagen – aber mindestens fünf oder so. Das heißt, selbst wenn Karamell wieder mitmacht, brauchen wir noch mindestens einen Kollegen, damit wir alle Schulen überwachen können. Und da fällt mir keiner ein, der zu uns passen würde. Die Katzen aus dem nächsten Hauseingang sind zu blöd und die von gegenüber zu alt.«

Ich rolle mit den Augen. Das habe ich mir in meiner Zeit als Mensch mal angewöhnt und finde es eine ziemlich coole Art, sein Unverständnis zum Ausdruck zu bringen. Leider reagieren meine Mitkatzen darauf nicht. Dann muss ich es eben offen aussprechen – auch auf die Gefahr hin, dass Odette dann sauer auf mich ist.

»Tut mir leid, aber das ist totaler Quatsch. In Hamburg gibt es bestimmt so zwei- bis dreihundert Schulen. Mindestens. Die können wir niemals alle observieren, völlig ausgeschlossen. Selbst dann, wenn uns die doofen und die alten Katzen helfen.«

Odette und Spike klappt gleichzeitig die Kinnlade runter. Nach einer Schrecksekunde haben sie sich aber wieder gefangen, und Spike räuspert sich. »Dreihundert? Wie viel is'n das? Also, so in etwa?«

»Ganz einfach: Sechzigmal so viel wie fünf.«

Ha! Da soll einer behaupten, dass ich nicht gut im Kopfrechnen wäre! Immerhin bin ich Super-Winston, damit das mal klar ist!

Odette starrt mich an. »Sag mal, woher weißt du denn das alles?«

Ups. Vielleicht war es doch keine gute Idee, hier so auf die Sardinenbüchse zu hauen. Immerhin wissen Odette und Spike gar nicht, dass ich in Kiras Körper mal zur Schule gegangen bin und seitdem nicht nur lesen und schreiben, sondern auch rechnen kann. Und das soll auch so bleiben, denn ich will schließlich nicht, dass mich Odette für einen Sonderling hält.

»Ähem, ich, also, ich habe einfach mal geschätzt. Außerdem bin ich oft dabei, wenn Kira ihre Hausaufgaben macht oder ihre Schulfreunde trifft. Da bekomme ich so einiges mit.«

»Ach so.« Wenn Odette mit dieser Erklärung nicht zufrieden ist, lässt sie es sich jedenfalls nicht anmerken.

Spike streckt sich. »Tja, Leute, wenn das alles so ist, dann müssen wir vielleicht doch auf ein anderes Abenteuer warten. Und bis wir das gefunden haben, mache ich mich erst mal auf die Suche nach etwas Essbarem. Tschüssi, man sieht sich!«

Mit einem Satz springt er vom Unterstand und verschwindet zwischen den Fahrrädern, die seitlich davon an den Ständern angeschlossen sind.

Odette schaut ihm hinterher. »Ts, ts, der muss auch ständig ans Essen denken.« Sie überlegt kurz. »Schade, dass aus unserem Abenteuer nichts wird. Ich hätte große Lust gehabt, noch einmal so etwas mit dir zu erleben.«

Mein Herz macht einen Riesensatz – hat Odette das gerade wirklich zu mir gesagt? Ich überlege fieberhaft, was ich darauf erwidern könnte. Irgendwas Geistreiches, Charmantes oder irgendwie Schlagfertiges muss mir doch …

»Okay, ich muss dann auch mal los. Tschüss, Winston – bis bald!«

Und ehe mir etwas Geistreiches, Charmantes oder irgendwie Schlagfertiges eingefallen ist, ist sie schon weg, die schönste Katze der Welt. Mist, Mist, Mist! Wieso habe ich nicht einfach behauptet, dass es in Hamburg nur vier Schulen gibt? Ich bin ein Idiot!

Eine Verabredung, die nicht allen passt, ein schlecht gelaunter Werner und seltsame Zufälle.

Zu Hause herrscht dicke Luft. Also, sinnbildlich. Anna und Babuschka streiten sich. Und zwar auf Russisch.

»Nu pachemu ty opjat fstrejechajeshsja s Vadimom? On prjestupnkik! Ja dumala, chto ty nakonez to paumnjela!«

»Mama, ja idu s njim fsego ljish vypjit chashechku kofe. Nu uspakojsja pazhalusta.«

Wie bitte? Anna will sich mit Vadim treffen? Ihrem verbrecherischen Exfreund, der mit geschmuggelten Zigaretten gehandelt und Anna bedroht hat, als sie ihn verlassen wollte? Auf der Flucht vor Vadim sind Anna und Kira überhaupt erst bei Werner und mir eingezogen. Und mit dem will Anna nun einen Kaffee trinken gehen? Kein Wunder, dass sich Babuschka aufregt! Ich bekomme auch schon hektische rote Flecken. Also, wieder sinnbildlich, natürlich. Anders geht es ja nicht, wenn man so viel schwarzes Fell im Gesicht hat wie ich.

Anna hingegen sieht sehr vergnügt aus. Sie hat sich umgezogen und trägt statt Jeans und T-Shirt jetzt eine Bluse und einen kurzen Rock. Ihre langen blonden Haare sind ausnahmsweise nicht zu einem Pferdeschwanz gebunden, sondern fallen offen über ihre Schultern. Ich bin nun wahrlich kein Fachmann für so etwas, aber ich finde, Anna sieht heute besonders hübsch aus.

Das findet offenbar auch Werner, der in diesem Moment ebenfalls nach Hause kommt. Als er Anna sieht, pfeift er anerkennend. »Wow, Sie sehen toll aus! Haben Sie noch etwas vor? Falls nicht, sind Sie hiermit sofort und offiziell von mir eingeladen. Zu was auch immer Sie wollen!«

Anna lächelt verlegen. »Oh, vielen Dank! Aber ich bin tatsächlich verabredet. Vielleicht also ein anderes Mal. So, ich muss jetzt auch los! Tschüss!«

Sie schnappt sich ihre Tasche vom Garderobenhaken, wirft sich eine Jacke über den Arm und verschwindet durch die Wohnungstür. Werner schaut ihr hinterher, er hat einen Gesichtsausdruck, den ich nicht richtig deuten kann. Ich habe ihn bei Werner nämlich noch nie gesehen – und das will nach meiner jahrelangen Erfahrung als Haustier etwas heißen. Sehnsüchtig? Enttäuscht? Erwartungsvoll? Keine Ahnung, passt alles nicht richtig. Vielleicht ist es auch eine Mischung aus all diesen Gefühlen. Bei meinem Kratzbaum – das ist wirklich sehr seltsam!

Kaum hat Anna die Tür hinter sich zugezogen, macht Babuschka ihrem Unmut noch einmal lautstark Luft. Sie schimpft wie ein Rohrspatz und fuchtelt dabei mit ihrem Zeigefinger in der Luft herum. »Ach, meine Tochter ist so dummes Mädchen! Dieser Vadim ist schlechte Mensch. Warum also Kaffee trinken?«

Werner reißt die Augen auf. Um nach Luft zu schnappen oder laut »Ach du Scheiße!« zu rufen, ist er viel zu gut erzogen. Den Gesichtsausdruck aber, den er jetzt aufgesetzt hat, kenne ich zur Abwechslung wieder richtig gut: Werner ist entsetzt. So sieht er sonst wirklich nur aus, wenn sein Bruder mit den vielen, schlecht erzogenen Kindern zu Besuch kommt.

»Ähm«, er räuspert sich und scheint schwer mit sich zu ringen, um die nächste Frage loszuwerden, »Frau Kovalenko, wollen Sie damit andeuten, dass sich Anna mit ihrem Exfreund Vadim trifft?«

Babuschka nickt energisch. »*Da!* Genau so es ist. Vadim. Zum Kaffee. KAFFEE! Herr Professor – was soll das?«

Werner guckt ratlos. »Wieso? Fänden Sie Wein besser?«

Jetzt lächelt Babuschka auf einmal unerwartet sanft und legt ihre Hand auf Werners Unterarm. »*Njet.* Es ist nicht falsches Getränk. Es ist falscher Mann. Braucht Anna richtigen Mann.«

Hm. Die Art, wie Babuschka das sagt, gibt mir irgendwie das Gefühl, dass Werner etwas mit der Frage zu tun haben könnte, wer der Richtige für Anna ist. Bloß was?

Werner geht darauf allerdings nicht ein, stattdessen schiebt er sich wortlos an Babuschka vorbei und steuert auf die Ecke des Wohnzimmers zu, in der mittlerweile sein Schreibtisch steht. Ich folge ihm unauffällig, schließlich bin ich neugierig geworden und hoffe, dass es noch irgendeinen Hinweis gibt, was es mit Werner und Anna denn auf sich hat.

Dort angekommen, lässt sich Werner in den Stuhl vor seinem Schreibtisch plumpsen und beginnt, sehr missmutig in dem Haufen Papier herumzuwühlen, der sich auf der Arbeitsplatte angesammelt hat.

Ich hüpfe auf die Sitzfläche des Korbstuhls in der Ecke. So habe ich einen guten Überblick. Schließlich scheint Werner gefunden zu haben, wonach er sucht, denn er zieht eine Karte aus dem Haufen und betrachtet sie finster. Er seufzt tief und greift zum Telefon. »Roland? Werner hier.«

Roland ist Werners jüngerer Bruder. Eigentlich ein lustiger, netter Kerl – leider ist er mit einer furchtbaren Familie geschlagen. Seine Frau Beate nörgelt die ganze Zeit an ihm herum, und dann haben die beiden noch drei schrecklich ungezogene Kinder. Zwei Mädchen, Zwillinge und zu jeder Schandtat bereit, und ein etwas älterer Junge, der auch nicht besser ist. Ich hatte schon das zweifelhafte Vergnügen, die drei bei diversen Familienfeiern zu erleben. Am Ende hatte ich jedes Mal das Gefühl, nur äußerst knapp eine Naturkatastrophe überlebt zu haben.

»Nein, nein, es ist nicht wegen des Wochenendes. Da ist alles in Ordnung. Es geht um die Einladung zu eurem Gartenfest. Du, Roland, da hatte ich … äh, ich hatte Beate gefragt, ob ich vielleicht jemanden mitbringen kann, aber ich, äh, ich denke, ich komme doch eher allein.«

Als Kater habe ich ziemlich gute Ohren, trotzdem kann ich von meinem Platz aus nicht hören, was Roland am anderen Ende der Leitung daraufhin sagt. Auf alle Fälle ist es etwas Längeres. Wenn ich jetzt auf den Tisch springen würde, könnte ich seine Antwort vielleicht verstehen. Das allerdings wäre doch etwas auffällig. Also mustere ich stattdessen Werners Gesicht und versuche, mir einen Reim darauf zu machen, was hier gerade vor sich geht. Worüber reden die beiden?

»Klar, Roland, verstehe ich ja. Okay, dann gib mir mal Beate. Ja, tschüss …«

Offenbar übernimmt nun Beate, die Schreckliche, das Telefonat am anderen Ende der Leitung.

»Hallo, Beate, Werner hier. Ich hab es Roland gerade schon gesagt: Ich glaube, ich komme vielleicht doch allein zu eurem Gartenfest.«

Und auf einmal höre ich tatsächlich eine andere Stimme – Beate spricht deutlich lauter als ihr Mann. Man könnte auch sagen, sie schreit ins Telefon.

Werner holt tief Luft. »Hey, Beate, nun mach doch nicht so ein Drama.«

Wieder Geschrei.

Werner schüttelt den Kopf. »Welche Tischordnung? Ich dachte, es ist eher eine Party, die ihr da feiert. Ich wusste nicht, dass ihr so einen Aufwand treibt. Man könnte ja meinen, ihr erwartet die Königin von England.«

Murmeln am anderen Ende.

»Wie, ich soll mich jetzt endlich mal festlegen?«

Murmeln, wieder etwas lauter.

»Ja, wenn ich jetzt auf die Bibel schwören soll, dass ich wirklich zu zweit komme – na, dann plan mich lieber nur allein ein. Das ist mir jetzt zu stressig. Tut mir leid. Genau. Ja, ich erkläre es dir gern noch mal, wenn ihr zu Besuch seid. Obwohl es da gar nicht viel zu erklären gibt. Ja. Grüß die Kinder.«

Er legt auf, seufzt tief und wirft mir einen Blick zu. »Winston, alter Freund, eines steht mal fest: Ohne Frauen ist das Leben deutlich leichter.« Dann steht er auf und geht aus dem Raum.

Zurück bleibt ein sehr ratloser Kater. Worum geht's hier gerade? Von welcher Frau ist die Rede? Beate? Oder doch eher Anna? Ob er vielleicht vorhatte, Anna mit zum Gartenfest seines Bruders zu nehmen, und es sich nun anders überlegt hat, weil Anna lieber mit Vadim einen Kaffee trinkt als mit Werner essen zu gehen? Und was meint Werner mit *wenn ihr zu Besuch seid*? Hoffentlich nicht das, wonach es klingt! Heiliges Katzenklo! Schon beim Gedanken an Beate und die kleinen Rotzlöffel sträubt sich mir das Fell. Wenn die tatsächlich herkommen, wandere ich aus!

»Ja, Mamuschka, ich weiß, du willst es nicht hören – aber Vadim hat sich total verändert!«

Anna ist ausgesprochen gut gelaunt von ihrer Verabredung heimgekehrt und bereitet in der Küche das Abendbrot vor, während Babuschka im Türrahmen lehnt und wie der Vorwurf in Person aussieht. Auch Kira ist mittlerweile wieder zu Hause und hört ihrer Mutter interessiert zu.

»Der Gerichtsprozess war ihm wirklich eine Lehre. Er ist ja nur knapp an einem Gefängnisaufenthalt vorbeigeschrammt. Ein Jahr auf Bewährung hat er damals bekommen – und nun will er die Chance nutzen und endlich sein Leben in den Griff bekommen!«

Babuschka schüttelt den Kopf, Kira macht große Augen.

»Mama, was ist denn Bewährung?«, will sie wissen. Sehr gut, das hätte ich nämlich auch am liebsten gefragt!

»Bewährung bedeutet, dass der Richter einen ins Gefängnis schicken könnte, es aber nicht macht, weil man verspricht, sich in Zukunft ans Gesetz zu halten und keine Straftaten mehr zu begehen. Dann legt der Richter eine bestimmte Zeit fest, in der man sich besonders gut benehmen muss. Und wenn man in der Zeit dann doch wieder was klaut oder betrügt oder so, dann muss man doch noch ins Gefängnis. Zwei Jahre auf Bewährung heißt also, dass man eigentlich zwei Jahre ins Gefängnis müsste, von dieser Strafe aber verschont bleibt, wenn man sich in der Bewährungszeit nichts zuschulden kommen lässt.«

Aha. Bewährung ist, wenn der Richter schimpft und man Besserung gelobt. Also eigentlich genauso wie bei uns. Mit Anna und Babuschka in der Rolle des Richters, während als arme Sünder dann wohl Kira und ich infrage kommen.

»Wirst du sehen, dass er sich hat nicht geändert. Garrr nicht!« Babuschka schüttelt den Kopf und ihre Turmfrisur wippt. Dabei macht sie ein so finsteres Gesicht, dass man echt Angst kriegen kann. Eins ist mal klar: Mit Babuschka als Richter wäre Vadim sofort ins Kittchen gewandert. Nix Besserung geloben und sich ändern – keine Chance! Kiras Oma glaubt offenbar nicht an das Gute im Menschen, zumindest nicht an das Gute im Zigarettenschmuggler.

»Ja, ja«, murmelt Anna beschwichtigend, »ist schon gut, ist schon gut.«

»Aber Mama«, mischt sich Kira nun ein, »warum hast du dich überhaupt wieder mit dem getroffen? Wir waren doch so froh, ihn los zu sein! Ich hatte immer ein bisschen Angst vor ihm – ich will den nicht mehr sehen! Und schon gar nicht will ich, dass der noch mal dein Freund wird!«

Maunz! Das will ich auch auf keinen Fall! Mit Schrecken denke ich daran, wie dieser ungehobelte Mensch Kira, Pauli, Tom und mich in seiner Wohnung eingesperrt hat, als wir ihm auf die Schliche gekommen waren. Mag ja sein, dass er sich geändert hat und jetzt nicht mehr sehr schlimm, sondern nur noch schlimm ist. Auf ein erneutes Treffen lege ich trotzdem keinen Wert.

Anna lacht und legt ihrer Tochter beruhigend die Hand auf die Schulter. »Kira, davon ist doch überhaupt nicht die Rede! Wir haben nur einen Kaffee zusammen getrunken, mehr nicht. Denn stell dir vor: Vadim hat jetzt einen Job hier ganz in der Nähe. Ist das nicht ein Zufall?«

»Ja, großes Zufall!«, ätzt Babuschka, und man kann dem Klang ihrer Stimme genau entnehmen, dass sie an etwas wie Zufall im Zusammenhang mit diesem Vadim nicht glaubt.

Auch Kira bleibt skeptisch. »Aha. Was für ein Job soll das denn sein? Der kann doch nichts.«

»Also wirklich, Kira!« Jetzt klingt Anna beinahe ein wenig angesäuert. »Vadim fährt Pakete für einen Kurierdienst aus, und sein Lager ist gleich um die Ecke. Ich soll dich schön von ihm grüßen.«

»Pah!« Kira schnaubt verächtlich. »Oh Mann, Mama! Der Typ ist ein Verbrecher. Ich kann mir nicht vorstellen, dass er sich so schnell geändert hat. Der kann dir viel erzählen. Und nur, weil er gut aussieht, ist er noch kein guter Mensch.«

Genau! Und ich finde nicht einmal, dass er gut aussieht. Ich kann mich nur daran erinnern, dass er eine alte, abgewetzte Lederjacke und einen Dreitagebart getragen hat. Mit einer Bürste war seine Frisur schon länger nicht in Berührung gekommen. Noch dazu war Vadim ziemlich groß und wirkte auf mich sehr bedrohlich. Da ist mein Werner tausendmal attraktiver! Er zieht nur gebügelte Hemden an und rasiert sich täglich. Und auch wenn seine großen Locken immer etwas widerspenstig sind, so kämmt er sie doch regelmäßig. Werner ist auch nicht ganz so ein Riese wie Vadim, sondern hat eine sehr katzenfreundliche Größe – was bedeutet, dass ich auf den Hinterbeinen an seine Hand heranreiche. Könnte ja ein Leckerchen drin sein oder eine kleine Streicheleinheit winken. Also, wenn Anna schon mit einem Mann Kaffee trinken muss, dann bitte mit meinem Werner. Das müsste sie doch eigentlich selbst sehen!

Ich überlege kurz. Ich bin natürlich überhaupt kein Fachmann, wenn es um Menschenfrauen geht, aber vielleicht braucht Anna mal einen Schubs in die richtige Richtung? Womöglich von einem kleinen schwarzen Kater? Heilige Ölsardine, wenn man nicht alles selber macht!

Spaghettieis, das Sandmännchen und eine Wette.

Die nächsten Tage sind an Ereignislosigkeit kaum zu überbieten: Anna geht nicht noch einmal mit Vadim Kaffee trinken, Werner ist trotzdem weiterhin schlecht gelaunt, und ich liege einfach auf dem Sofa herum, schlafe sehr viel und finde ab und zu eine Köstlichkeit von Babuschka im Napf. Eigentlich ist es genau so, wie ich mir mein Leben immer gewünscht habe. Also, bis auf Werners schlechte Laune natürlich – aber man kann nicht alles haben, auch als Kater nicht.

Mittlerweile habe ich mir sogar angewöhnt, Babuschka beim Kochen nicht mehr von der Seite zu weichen, denn auf diese Art und Weise bekomme ich schon etwas ab, bevor meine Mitbewohner sich die Teller vollhäufen können und für mich am Ende nichts übrig bleibt. Dünner und fitter werde ich so natürlich nicht, aber nachdem nun erwiesenermaßen kein Einsatz als Geheimagent ansteht, ist das nicht so schlimm. Lieber ein satter Kater als ein hungriger Detektiv!

Und zum Thema Detektiv: Wer auch noch schlechte

Laune hat, ist Tom. Die Tatsache, dass Kira und Pauli keine Lust haben, mit ihm nach den Tresorräubern zu fahnden, macht ihm offenbar schwer zu schaffen. Als ich Kira das nächste Mal zur Eisdiele begleite, wirkt er jedenfalls immer noch sehr maulig und ist auch durch die Aussicht auf ein leckeres Spaghettieis nicht aufzumuntern.

»Hier, guck mal!«, nuschelt er missmutig und legt einen Haufen Zettel auf das kleine Tischchen, an das sich Kira gesetzt hat, um ihre Eisschokolade zu trinken.

»Hallo erst mal«, begrüßt ihn Kira lachend. »Schön, dass du Zeit hattest, zu kommen.« Kira hat Tom nämlich auf ein Eis eingeladen, weil sich seine Mathenachhilfe von neulich in Form einer Zwei plus bezahlt gemacht hat. »Was hast du denn mitgebracht?«, will sie jetzt wissen und nimmt neugierig eines der Blätter in die Hand.

»Das ist meine Auswertung aller 339 allgemeinbildenden Schulen in Hamburg. Die anderen Schulen muss ich mir noch vorknöpfen. Soweit das möglich war, habe ich im Internet recherchiert, ob die Schulen über Kantinen verfügen und ob die Schüler dort mit Bargeld bezahlen können. Wo ich im Internet nichts dazu gefunden habe, habe ich angerufen und gefragt.«

»*Allgemeinbildende* Schulen?« In Kiras Gesicht taucht ein großes Fragezeichen auf, und ich weiß natürlich erst recht nicht, was ich mir darunter vorstellen soll. Ich dachte, in jeder Schule wird man allgemein gebildeter, als wenn man gar nicht hingeht. Dass es auch andere Schulen gibt, auf die das nicht zutrifft, überrascht mich. Warum besucht man die dann überhaupt? Da wäre es doch schlauer, zu Hause zu bleiben.

Aber Tom geht auf Kiras Frage gar nicht weiter ein, sondern wühlt in seinen Zetteln.

»Das musst du dir anschauen! Es ist eindeutig: Viermal haben die Tresorräuber bisher zugeschlagen, und es waren immer große Schulen mit großen Kantinen. Also solche, bei denen es sich richtig lohnt, zuzugreifen. Deswegen kamen die Diebe auch immer Donnerstagnacht: Da ist der Tresor voll und die Einnahmen sind noch nicht vor dem Wochenende zur Bank gebracht.«

Kira schlürft lautstark Eisschokolade durch ihren Strohhalm. Dann schaut sie Tom nachdenklich an. »Okay, das leuchtet natürlich ein. Aber mir ist nicht klar, wie du jetzt vorhersagen willst, welche Schule als Nächstes überfallen werden wird. Falls es denn überhaupt noch einen Überfall gibt. Vielleicht passiert auch einfach nichts mehr und die Verbrecher verjubeln ihre Kohle in der Karibik.«

Tom schüttelt den Kopf. »Glaube ich nicht. Für die Karibik reicht das Geld auch noch nicht. Vier Schulen haben sie bisher überfallen, durchschnittlich 5 000 € haben sie erbeutet, macht also bislang 20 000 €.«

Aha? Tatsächlich? Ist das viel oder wenig Geld? Und wie viel Geld braucht man in der Karibik wohl so? Überhaupt – wo liegt die eigentlich? In der Nähe von Hamburg? Oder eher weiter weg? Ich streiche um Kiras Beine und schlage mit dem Schwanz hin und her, während ich überlege, warum Geld bei den Menschen eine so große

Rolle zu spielen scheint. Manchmal habe ich sogar das Gefühl, es ist für einige Menschen die wichtigste Sache der Welt – was nun wirklich zum Schnurrhaareaufrollen ist, so ein Unsinn ist das! Geld kann man nicht essen. Es kuschelt auch nicht gemütlich mit mir, wenn ich allein auf meinem Kissen liege, oder streichelt mich, wenn ich schlecht drauf bin. Mit anderen Worten: Es besteht doch nur aus Papier oder Metall. Und trotzdem macht es etwas mit den Menschen. Ich habe es genau beobachtet: Manchmal, wenn es ums Geld geht, dann bekommen einige der Zweibeiner so einen Glanz in den Augen, als ob sie an ein riesiges, leckeres Stück Geflügelleberpastete denken würden. Oder als ob sie hohes Fieber hätten.

Kira seufzt. »Aber selbst wenn es so wäre – was schließt du daraus?«

»Willst du das wirklich wissen?«, fragt Tom, fast misstrauisch.

Kira nickt.

Ein Strahlen geht über das Gesicht ihres Schulfreundes. »Ich bin mir ziemlich sicher, dass die nächste Schule, die sie überfallen werden, die Gutenberg-Schule in der Sabinenstraße ist.«

»Warum?«

»Ganz einfach – reine Statistik: Sie haben mit der größten Schule angefangen. Und dann die Liste von oben nach unten abgearbeitet. Ich habe es überprüft, es kann kein Zufall sein. Die ersten vier Schulen sind auch gleichzeitig die vier größten mit viel Bargeld im Tresor.«

Kira macht große Augen und auch ich bin ziemlich beeindruckt.

»Was? Wahnsinn! Und die Polizei hat das noch nicht gemerkt?«

Tom zuckt mit den Schultern. »Ich weiß nicht. Vielleicht sehen die den Wald vor lauter Bäumen nicht. Oder sie haben einfach keinen Profiler, der so gut ist wie ich.«

»Einen was?«

»Einen Profiler. Du weißt schon, so wie im Fernsehen bei *Navy CIS* oder so. Jemand, der anhand der Spuren am Tatort genau sagen kann, was der Täter für ein Typ ist und was er als Nächstes macht.«

»*Navy CIS*? Nie gehört. Wo läuft denn das? Im Kika?«

Tom lacht, als sei das die lustigste Frage, die er jemals gehört hat. »Kinderkanal? Natürlich nicht. Das läuft im *richtigen* Fernsehen.«

Kira seufzt. »Ach so. Dann darf ich es nicht gucken. Bei uns ist für mich nur Kika erlaubt, und um halb acht ist mit Fernsehen sowieso Schluss. Da ist Mama genau so streng wie Babuschka. Total ätzend! Ich lebe echt hinter dem Mond.«

»Na ja, nimm's nicht so schwer.« Tom grinst. »Dann kannst du immerhin so tolle Sachen wie *Sandmännchen* oder *Au Schwarte!* gucken.«

»Haha, sehr lustig«, erwidert Kira grummelig. Ich wiederum verstehe den Witz gar nicht. Sind doch wirklich tolle Sendungen. Ich habe die nämlich schon gemeinsam mit Kira geguckt und fand sie sehr lehrreich. Beispielsweise war mir überhaupt nicht klar, dass es ein kleines Männchen gibt, das den Kindern abends Sand in die Augen streut, damit sie endlich müde werden und einschlafen. Mir war allerdings auch schon aufgefallen, dass Menschen anfangen, sich die Augen zu reiben, wenn sie müde sind. Jetzt weiß ich, dass es am Sand liegt. Das Sandmännchen selbst habe ich allerdings noch nie erwischt, obwohl ich mich schon einige Abende auf die Lauer gelegt habe. Es muss also extrem fix unterwegs sein. Vielleicht ist es für Katzen auch unsichtbar.

Unzuverlässig ist das Sandmännchen allerdings auch, denn es gibt Tage, da hat Kira eindeutig keine Lust, ins Bett zu gehen. Und obwohl Anna dann schimpft und Babuschka meckert, schläft sie einfach nicht ein. Dann läuft sie noch einmal in die Küche oder spielt heimlich unter der Bettdecke mit ihrem neuen Handy, auf das sie so stolz ist. Wenn Anna das dann mitkriegt, gibt es richtig Ärger. So gesehen ist das natürlich ungerecht, denn eigentlich hat offenbar das Sandmännchen einfach seinen Job nicht erledigt. Ist wahrscheinlich lieber mit seinen Kumpels losgezogen, als sich um Hamburger Kinder zu kümmern. Was kann die arme Kira dafür?

Tom hat in der Zwischenzeit den letzten Rest Spaghettieis aus seinem Becher gekratzt und wirkt schon viel zufriedener als vor zehn Minuten. Er stellt den leeren Becher vor sich auf den Tisch, dann ballt er die rechte Hand zur Faust und schüttelt sie. Sieht sehr entschlossen aus! »Also, die Fakten liegen auf dem Tisch, und ich wette mit dir um das nächste Spaghettieis: Die nächste Schule, die diese Gangster überfallen, wird die Gutenberg-Schule sein. Und zwar an einem Donnerstag! Komm, schlag ein!«

Kira seufzt, reicht ihm aber die Hand. »Okay, um ein Spaghettieis.«

»Großartig. Dann müssen wir nur noch herausfinden, an *welchem* Donnerstag. Am besten legen wir uns die nächsten drei Wochen dort auf die Lauer.«

Zögerndes Nicken von Kira. »Gut. Aber nur unter einer Bedingung: Wenn wir etwas richtig Verdächtiges sehen, rufen wir die Polizei.«

»Klar. Machen wir. Wir rufen die Polizei, warten, bis die Handschellen klicken. Und dann spendierst du mir ein Spaghettieis.« Er kichert und scheint sich im Geiste schon vorzustellen, wie er das nächste kostenlose Eis verputzt.

Da hat sich Tom allerdings eindeutig zu früh gefreut. Denn der nächste Überfall geschieht nicht auf die Gutenberg-Schule. Und auch nicht an einem Donnerstag. Aber das ahnen wir drei in diesem Moment nicht.

Winston wird Super-Winston. Und ein Hausmeister bleibt Hausmeister.

Wenn Werner meine Transportbox in den Flur stellt, ist das nie ein gutes Zeichen. Es bedeutet nämlich, dass ich Auto fahren soll. Und ich hasse Autofahren! Mir wird grundsätzlich schlecht, wenn ich – eingepfercht in diesen Käfig – von Werner durch die Gegend geschaukelt werde. Ich werde dann ziemlich herzlos in den Fußraum des Autos gestellt, was zudem noch bedeutet, dass ich überhaupt nicht sehen kann, wo wir hinfahren. Sehr unangenehm, das!

Ich bin also alles andere als begeistert, als ich heute Morgen auf dem Weg in die Küche als Erstes über die blöde Box stolpere. Aber es kommt noch schlimmer: In der Küche schnappe ich ein Wort auf, das mich in höchste Alarmbereitschaft versetzt. TIERARZT! Du liebes Katzenklo! Da habe ich mich doch hoffentlich verhört! Ich starre Werner an, der am Küchentisch sitzt, seinen Kaffee trinkt und mit Anna plaudert.

»Ich kann Kira vor dem Impftermin auch gern zur Schule fahren, auf dem Weg zum Tierarzt komme ich dort sowieso vorbei.«

Sofort sträuben sich mir die Nackenhaare. Dies wird ein furchtbarer Tag werden, daran gibt es keinen Zweifel! Wie kann Werner da nur so entspannt sitzen? Wenn er doch gleichzeitig seinem besten Freund, nämlich mir, so etwas Grausames antun will? Katzenbox ist schlimm, Tierarzt ist schlimmer, aber am schlimmsten ist eindeutig Impfen! Diese scheinheilige, angeblich so tierliebe Tierärztin wird mir mit einer Nadel in den Allerwertesten stechen! Es wird ganz furchtbar piksen, und wenn ich dabei nicht stillhalte, wird ihre Helferin mich mit ihren kalten Händen wie in einen Schraubstock spannen. Heilige Ölsardine, zu was Menschen fähig sind!

Ich linse zu Anna rüber. Will die wenigstens verhindern, dass mir solches Unrecht angetan wird?

»Ach, Herr Professor, das ist wirklich sehr nett – aber Kira kann doch mit dem Fahrrad fahren.« Kein Wort über die bevorstehende Folter, stattdessen über so etwas Belangloses wie Kiras Schulweg. Frechheit!

»Nein, es ist wirklich kein Problem, ich nehme sie gern mit. Gucken Sie mal aus dem Fenster, Anna, es schüttet wie aus Kübeln. Das arme Mädchen!«

Miauumaunzmioo! Was heißt denn hier *das arme Mädchen*? Der arme Kater! Wieso denken Zweibeiner immer nur an Zweibeiner? Hallo, ihr beiden: Hier unten sitzt jemand, der kurz vorm Nervenzusammenbruch steht!

Aber mein jämmerliches Maunzen und Miauen bleibt ungehört, stattdessen steht Werner nun auf, um die Box aus dem Flur zu holen. Ich überlege kurz, ob ich mich nicht einfach irgendwo verstecken kann. Aber aus leidvoller Erfahrung weiß ich, dass Widerstand hier zwecklos ist. Mit hängendem Kopf und noch hängenderen Ohren bleibe ich also auf dem Küchenfußboden sitzen, bis mich Werner schließlich in die Box verfrachtet und unter den Arm klemmt.

»Kira? Bist du so weit?«, ruft er in Richtung Kinderzimmer.

»Ja, Herr Hagedorn, bin ich«, kommt es prompt zurück und Kira kommt angelaufen. Vermute ich jedenfalls anhand der Schritte, denn richtig sehen kann ich es nun nicht mehr. »Vielen Dank, dass ich mitfahren darf!«

»Keine Ursache! Du kannst gleich mal die Transportbox auf den Schoß nehmen. Winston mag es nicht besonders, in dem Ding zu reisen – vielleicht tröstet ihn das ein bisschen.«

Na gut. Wenigstens bleibt mir der Autofußraum erspart!

Die Reifen quietschen und es gibt einen heftigen Rums. Dann knalle ich mit meiner Box vor das Handschuhfach und stoße mir dabei kräftig den Kopf. Aua, was soll das? Kann Werner nicht ein bisschen sanfter bremsen?

»Ach du Schreck!«, ruft Werner. »Was ist denn hier los?«

Kira zieht die Box wieder auf ihren Schoß. »Mensch, da muss etwas Schlimmes passiert sein! Überall Polizei!«, japst Kira aufgeregt.

Ich beginne, mit meinen Tatzen am Verschluss der Box zu kratzen. Von hier drinnen kann ich nämlich überhaupt nicht sehen, was meine beiden Zweibeiner so schockiert und warum Werner hier eine Vollbremsung hingelegt hat.

Irgendjemand klopft an die Fensterscheibe. »Hallo, fahren Sie bitte weiter. Sie behindern unsere Einsatzfahrzeuge.« Eine ziemlich tiefe Stimme.

»Was ist denn hier passiert, Herr Wachtmeister?«, will Werner wissen.

Wachtmeister? Aha, dann steht wohl ein Polizist neben dem Auto. Mensch, Kira, nun lass mich schon raus aus der blöden Box!

»In der Schule wurde eingebrochen«, erklärt die tiefe Stimme.

»Nein!«, ruft Werner. »Etwa wieder die Tresorräuber? Ich meine, für einen simplen Taschendiebstahl würden Sie hier doch nicht mit vier Polizeiwagen anrücken, oder?«

»Ich kann Ihre Neugier natürlich verstehen, aber im Moment kann ich Ihnen dazu gar nichts sagen. Außer, dass Ihr Wagen hier sehr schlecht steht. Wenn Sie also ein Kind abliefern wollen, dann fahren Sie bitte ein Stück weiter und halten Sie an der nächsten Ecke.«

Vier Polizeiwagen? Werner muss einfach recht haben: Die Tresorräuberbande hat wieder zugeschlagen! Ich kratze weiter wie ein Verrückter, und endlich erbarmt sich Kira und öffnet die Box. Schnell schlüpfe ich hinaus, hocke mich auf ihren Schoß und werfe einen Blick durch das Autofenster.

Wahnsinn! Das gibt's doch gar nicht! Von wegen – Donnerstag und Gutenberg-Schule! Ich bin mir zwar nicht sicher, welcher Tag heute ist, das überfordert mein katerliches Zeitgefühl nämlich ein wenig. Aber eines ist mal klar: Wir stehen eindeutig vor dem Wilhelminen-Gymnasium. Da lag Tom mit seinem Profiling-Dings oder wie das heißt aber richtig daneben!

Ich spüre, wie sich ein Kribbeln in mir ausbreitet. Erst fühle ich es nur in den Pfoten, dann wandert es die Beine hinauf, und schließlich stellt sich jedes einzelne Haar von meiner Schwanzspitze bis ganz rauf zum Nacken auf. Es ist ein Gefühl, als würden Tausende kleine Ameisen in meinem Pelz herumkrabbeln. Mit anderen Worten: Mein Jagdtrieb ist erwacht! Ich will nun auch herausfinden, wer hinter diesen ganzen Überfällen steckt.

Werner fährt ein paar Meter weiter und hält hinter der Schule wieder an. Als Kira die Autotür öffnet, zögere ich keine Sekunde und springe aus dem Wagen.

»Hey, Winston!«, ruft mir Werner hinterher. »Bist du verrückt geworden? Komm sofort zurück!«

Tut mir leid, Werner! Heute ist einfach nicht der richtige Tag für einen Tierarztbesuch. Heute ist vielmehr der Tag, an dem Agent Super-Winston seine Ermittlungen aufnimmt!

In der Schule herrscht das übliche Gewusel vor Unterrichtsbeginn. Ich drücke mich immer schön an der Wand entlang, so ist die Wahrscheinlichkeit, dass mich in dem Getümmel jemand entdeckt, sehr gering.

Wenn es wirklich die Tresorräuber waren, die der Schule einen Besuch abgestattet haben, muss ich irgendwie ins Zimmer von Frau Rosenblatt kommen. Frau Rosenblatt ist die überaus strenge Direktorin des Wilhelminen-Gymnasiums. Ich bin mir sicher, dass der Tresor der Schule in ihrem Zimmer ist.

Geduckt schleiche ich den Flur in Richtung Verwaltungstrakt entlang. Er ist mit Glastüren vom Hauptflur abgetrennt, aber die stehen heute sperrangelweit offen. Als ich näher komme, sehe ich auch, warum: Männer in weißen Anzügen sind damit beschäftigt, die Glastüren mit einem schwarzen Pulver abzutupfen. Warum machen die das? Sehr mysteriös! Aber ich traue mich nicht, hier sitzen zu bleiben und mir das Ganze genauer anzusehen. Bestimmt haben Kira und Werner inzwischen bemerkt, dass ich ausgebüxt bin, und suchen nach mir. Vielleicht haben sie mich sogar schon zur Fahndung ausgeschrieben – also schnell weiter!

Ich husche an den Männern vorbei und sehe mich kurz um. Da vorne links geht es zu Frau Rosenblatts Büro, wenn ich mich richtig erinnere. Als ich in Kiras Gestalt die Schule besuchte, hatte ich dort einmal ein sehr unangenehmes Gespräch, aber das ist eine andere Geschichte. Auf alle Fälle sieht der Weg ins Direktorenzimmer ein bisschen anders aus, wenn man nicht mehr auf zwei Beinen, sondern auf allen Vieren unterwegs ist.

An der fraglichen Tür angelangt, werde ich langsamer. Nicht, weil ich auf einmal Bedenken bekommen hätte –

schließlich kennt Super-Winston keine Angst –, aber am Durchgang zum Direktorenzimmer hat sich eine Ansammlung von verdächtig vielen Menschenbeinen gebildet. Da komme ich nicht einfach dran vorbei!

Möglichst unauffällig linse ich nach oben. Dort stehen: Direktorin Rosenblatt, drei Polizisten, die Schulsekretärin Frau Mommsen und Herr Lüttge, der Schulhausmeister. Herr Lüttge spricht sehr aufgeregt und gestikuliert dabei wild mit den Händen – ihm scheint etwas enorm Spannendes passiert zu sein. Ich spitze also meine Öhrchen und schleiche noch etwas näher heran.

»Wissen Sie, Frau Rosenblatt, ich war ja schon gewarnt durch den Einbruch in der Sophie-Scholl-Schule«, erzählt er. »Aber mit so einer Dreistigkeit habe ich ehrlich gesagt nicht gerechnet. Einfach im Kopierraum eingesperrt haben die mich! Und dann musste ich hilflos mitanhören, wie sie den Tresor aus der Wand gebrochen haben!«

»Warum haben Sie denn überhaupt Ihre Hausmeisterwohnung verlassen?«, will einer der Polizisten wissen. »Haben Sie etwas gehört? Irgendwelche Geräusche, als die Täter in die Schule eingedrungen sind? Bisher haben wir noch keine richtigen Einbruchspuren an den Türen gefunden. Es scheint so, als hätten die Täter einen Schlüssel gehabt.«

Lüttge schüttelt den Kopf. »Nein. Das hatte ich ja schon von meinem Kollegen in der Sophie Scholl gehört. Da sind die Gangster ja offenbar auch mit einem Schlüssel rein. Ich hatte deswegen im Flur eine Kamera installiert, die ihre

Bilder auf meinen Rechner in der Hausmeisterwohnung überträgt, gekoppelt mit einem Bewegungsmelder, der einen Warnton auf dem Computer auslöst.«

Heilige Ölsardine! Das klingt fast wie im Fernsehen! Eigentlich erstaunlich, dass Herr Lüttge bei so gewissenhafter Vorbereitung dann im Kopierraum gelandet ist.

So was Ähnliches scheint sich auch der Polizist zu denken, denn er räuspert sich und fragt noch mal nach. »Sie wollen also sagen, dass Sie über eine Überwachungskamera gesehen haben, wie Fremde in das Schulgebäude eingedrungen sind?«

Lüttge nickt müde. »Ja. Gestern Abend war das. So gegen 21 Uhr.«

»Aber wieso haben Sie denn dann nicht sofort die Polizei gerufen?«

»Na ja, ich dachte irgendwie, ich könnte die Typen selbst dingfest machen. Ich habe schließlich im letzten Jahr einen Selbstverteidigungskurs gemacht. Also, ich aus meiner Wohnung, runter in den Flur und in den Verwaltungstrakt. Tja, und als ich durch die Tür bin, da machte es auf einmal *Bumm*. Und dann wurde mir schwarz vor Augen. Als ich wieder zu mir kam, saß ich neben dem Kopierer und konnte hören, dass im Nebenraum mit einem Schlagbohrer rumhantiert wurde.«

»Mein lieber Herr Lüttge, dann haben offensichtlich nicht nur Sie die Verbrecher, sondern vor allem die Verbrecher Sie überrascht«, stellt Frau Rosenblatt ziemlich gereizt fest und klingt dabei so, als sei das alles Lüttges

Schuld. Der zuckt auch gleich zusammen, als sie ihn scharf mustert. Also, diese Dame möchte ich nicht als Mitbewohnerin haben! Vor allem nicht, wenn sie so schlecht gelaunt ist wie jetzt.

»Jau, sieht ganz so aus«, murmelt Lüttge und kratzt sich dabei am Hinterkopf. »Und jetzt hab ich 'ne Riesenbeule und der Tresor ist trotzdem weg. Ich verstehe es nicht. Als hätten die gewusst, dass ich kommen würde.«

»Gut, Herr Lüttge«, fährt der Polizist in geschäftsmäßigem Ton fort, »wenn Sie so weit in Ordnung sind und nicht noch ins Krankenhaus wollen, dann würde ich Sie bitten, gleich mit uns zu kommen, um Ihre Aussage zu Protokoll zu geben.«

»Klar, mache ich. Ich glaube, mir fehlt nichts weiter.«

»Apropos fehlen«, meldet sich nun ein zweiter Polizist zu Wort, »können Sie uns sagen, was genau in dem Tresor aufbewahrt wurde, Frau Rosenblatt? Wertsachen? Bargeld?«

Frau Rosenblatt legt den Kopf schief. »Wertsachen? Wie man's nimmt. Besonders viel Bargeld war nicht drin. Frau Mommsen schließt da abends immer unsere Portokasse ein, das sind vielleicht zweihundert Euro und ein paar Briefmarken.«

»Okay, das ist ja zu verschmerzen«, stellt der Polizist trocken fest. »Da werden sich die Täter natürlich richtig ärgern, aber für Sie ist es nicht so schlimm, verglichen mit dem, was an den anderen Schulen erbeutet wurde.«

»Haben Sie eine Ahnung! Aus unserer Sicht ist es sogar

eine Katastrophe. Diese Verbrecher wissen überhaupt nicht, was sie da angerichtet haben!«

»Na ja, dass zweihundert Euro weg sind, ist nicht schön, aber …«

»Ach, das Geld ist mir doch egal!«, unterbricht ihn Frau Rosenblatt ungehalten. »Für uns ist es trotzdem der Super-GAU. Neben den Briefmarken lagen seit gestern Mittag noch fünfzig Klausuren im Tresor. Das gesamte Mathe-Abitur des Wilhelminen-Gymnasiums! Ich weiß noch nicht, wie ich das dem Schulsenator beibringen soll. Und viel schlimmer: Unseren armen Abiturienten!«

Heilige Ölsardine! Mathe-Abitur? Klausuren? Da war doch was. Schätze mal, das sind gerade richtig schlechte Nachrichten für Toms Bruder Nico!

»Winston! Da bist du ja!« Werners Stimme, direkt hinter mir. »Was fällt dir eigentlich ein, aus meinem Auto zu springen! Du kannst doch nicht einfach in die Schule rennen, was soll das? Böser Kater! Los, wir haben noch einen Termin. Die Tierärztin wartet!«

Okay, das sind jetzt richtig schlechte Nachrichten für mich. Ich überlege, ob ich einfach weglaufen soll – da entdeckt mich auch Direktorin Rosenblatt.

»Wer hat die Katze hier mitgebracht? Kinder, Kinder, wir haben heute schon genug Ärger hier! Einen weiteren ungebetenen Eindringling können wir nun wirklich nicht brauchen!«

Bitte? Werde ich hier etwa mit den Einbrechern auf eine Stufe gestellt? Das ist wirklich unerhört!

Die Direktorin bückt sich zu mir herunter. »Also entweder, dich nimmt sofort jemand mit – oder ich lasse dich ins Tierheim bringen. Ich bin heute nicht zu Scherzen aufgelegt.«

Tierheim? Heilige Ölsardine! Hilfe suchend blicke ich mich nach Werner um und entdecke ihn direkt hinter mir.

»Tut mir leid!«, spricht der gerade Frau Rosenblatt an. »Mein Kater ist mir auf dem Weg zum Tierarzt abgehauen. Er dachte wohl, dass er sich hier gut verstecken kann.«

Die Direktorin wirft Werner einen sehr tadelnden Blick zu, als sie jedoch sein hilfloses Lächeln sieht, werden ihre Gesichtszüge weicher.

»Ach, Sie sind das, Herr Professor Hagedorn!« Stimmt, die beiden kennen sich ja! Werner lädt die Schüler des Wilhelminen-Gymnasiums nämlich manchmal in sein Labor an der Uni ein. »Na, dann packen Sie Ihren Ausreißer mal schnell ein. Heute ist wirklich kein guter Tag für ungebetenen Besuch. Wir sind überfallen worden, stellen Sie sich das mal vor! Unser Hausmeister wurde eingesperrt und unser Tresor entwendet.« Sie schüttelt den Kopf. »In was für Zeiten leben wir eigentlich!«

Werner nickt bedauernd.

»Schlimm, schlimm! Aber dann will ich nicht weiter stören. Komm, Winston.« Er bückt sich und nimmt mich auf den Arm. Ich wehre mich nicht. Lieber Tierarzt als Tierheim. Maunz!

Ein Plan wird geschmiedet. Mit oder ohne Muskeltiere. Auf alle Fälle mit Super-Winston.

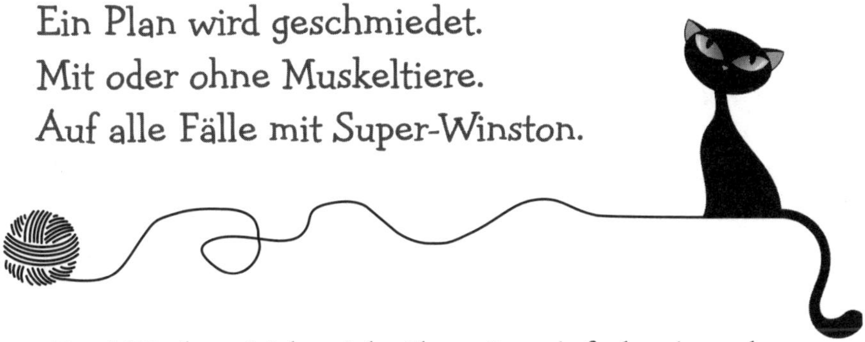

»Zwei Wochen. Mehr nicht. Ihr müsst einfach mitmachen. Das ist doch wohl nicht zu viel verlangt, oder?« Tom ist völlig aufgelöst. Man sieht, wie sehr ihn die Sache mit seinem Bruder mitnimmt. Er will Nico unbedingt helfen und hat deswegen Kira und Pauli zu einem spontanen Krisentreffen gebeten.

Also sitzen die Mädchen gemeinsam mit Tom auf dem Bett seines Kinderzimmers und hören sich an, was er ihnen vorschlägt. Nämlich nicht mehr und nicht weniger, als die Tresorräuberbande auf eigene Faust zu schnappen. Und zwar binnen zwei Wochen. Das ist auch der Grund, warum ich mitgekommen bin – denn bei aller Bescheidenheit: Das schaffen die nie ohne mich! Weder in zwei Wochen noch überhaupt.

»Aber warum denn nun gerade zwei Wochen? Ich habe nächste Woche total viel zu tun, mir würde es danach viel besser passen«, mault Pauli.

»Mannomann!«, ruft Tom, nein, er brüllt es fast. »Hast du mir denn eben nicht zugehört?«

Pauli verzieht den Mund. »Ey, jetzt chill mal, Tom. Es war nur eine Frage. Du musst ja nicht gleich ausflippen.«

Tom atmet tief durch. »Tut mir leid. Also, noch mal von vorn: In dem Tresor unserer Schule lagerten die Klausuren des schriftlichen Mathe-Abiturs. Unter anderem auch die von Nico. Und wenn diese nicht innerhalb von zwei Wochen wieder auftauchen, muss das schriftliche Mathe-Abitur am Wilhelminen-Gymnasium komplett wiederholt werden. Mit völlig neuen Aufgaben. So sagt es der Schulrat. Und das kann es ja wohl echt nicht sein – wir müssen die Klausuren also unbedingt wiederfinden! Sonst dreht mein Bruder durch!«

»Puh, dein armer Bruder«, seufzt Kira. »Ich stelle mir gerade vor, ich müsste eine Mathearbeit zweimal schreiben – wie schrecklich!«

»Na ja, es sei denn, ich hätte das Gefühl, beim ersten Versuch voll danebengehauen zu haben«, wirft Pauli ein. »Dann wäre ich froh über eine zweite Chance. Aber wie auch immer – natürlich helfen wir dir.«

»Genau«, stimmt ihr Kira zu.

»Danke, ihr beiden! Ich hatte gehofft, dass ihr das sagen würdet«, sagt Tom sichtlich erleichtert. »Ich habe auch schon einen Plan!«

Guter Mann! Ich spitze gespannt meine Ohren und hoffe, dass Tom auch daran gedacht hat, seine Geheimwaffe in den Plan einzubauen.

»Na dann, schieß los!«, fordert Pauli ihn auf.

»Also, ich bleibe bei meiner Theorie, dass die Täter es

auf große Schulen mit viel Bargeld aus der Kantine abgesehen haben.«

Kira zieht die Nase kraus. »Bist du dir da immer noch sicher? Beim letzten Mal lagst du damit echt daneben. Wenn deine Theorie stimmt, hätte es den Überfall auf unsere Schule doch gar nicht geben dürfen! Es war weder Donnerstag noch war unsere die nächste Schule auf deiner Liste.«

Tom schüttelt den Kopf. »Nee, Ausnahmen bestätigen die Regel! Und ich hoffe einfach, dass die Täter aus irgendeinem Grund nur einmal von ihrem Schema abgewichen sind. Vielleicht haben sie einfach einen falschen Tipp bekommen und dachten, in unserem Tresor läge besonders viel Geld. Jedenfalls denke ich, dass wir am nächsten Donnerstag die Gutenberg-Schule beobachten sollten. Falls die Täter dort aufkreuzen, heften wir uns an ihre Fersen und verfolgen sie bis zu ihrem Versteck. Und dann hoffen wir mal, dass wir dort auch die Klausuren finden. Ich fürchte, eine andere Chance haben wir nicht. Zumindest fällt mir gerade nichts ein, was besser klingt.«

An die Fersen heften und verfolgen? Das klingt doch mal nach einer richtig guten Idee und ist ganz nach meinem Katergeschmack, denn in beiden Disziplinen bin ich außergewöhnlich gut. Auch wenn es Tom nicht so ausdrücklich gesagt hat – ich bin mir sicher, er freut sich über meine Unterstützung. Noch besser funktioniert die natürlich, wenn ich zusammen mit Odette, Spike und Karamell die Verfolgung aufnehmen kann. Die vier Muskeltiere sind schließlich nur zu viert unschlagbar. Ich beschließe, den drei anderen auf dem Rückweg nach Hause einen Besuch abzustatten. Jetzt, wo wir eine heiße Spur haben, werden sich meine Freunde bestimmt überzeugen lassen.

Kira hingegen scheint noch nicht ganz so überzeugt von Toms Plan. »Ich weiß nicht – ob das wirklich klappt?«

Tom hebt die Hände. »Hast du eine bessere Idee?«

Kira schüttelt den Kopf.

Tom grinst. »Na also. Dann ist es so beschlossen: Nächsten Donnerstag observieren wir die Gutenberg-Schule! Operation Sherlock kann beginnen.«

»Operation Sherlock?«

Ich hasse es, wenn Odette mich so zweifelnd anschaut. Wie der letzte Depp komme ich mir dann vor, als hätte ich wirklich nicht mehr alle Tassen im Schrank.

»Ähem, ja, also«, stammle ich unsicher, »so hat Tom das genannt. Operation Sherlock. Ich weiß auch nicht, warum, aber so war es. Und der Rest des Plans klingt nicht schlecht, oder? Das wäre doch mal wieder eine feine Sache für uns vier Muskeltiere.«

Odette schüttelt den Kopf und ich bilde mir ein, dass sie leise vor sich hin kichert. »Du weißt also nicht, wer Sherlock ist«, sagt sie dann. Es klingt nicht wie eine Frage, sondern wie eine Feststellung. Und aus irgendeinem Grund scheint sie das amüsant zu finden.

»Nein«, gebe ich zu. »Aber wenn du möchtest, finde ich es für dich heraus.«

Jetzt prustet sie tatsächlich los. »Aber Winston – das weiß doch jeder! Sherlock, besser bekannt als Sherlock Holmes, ist der berühmteste Detektiv der Welt.«

Hm. Eigentlich dachte ich, das wäre ich. Okay, fast jedenfalls. Vielleicht noch nicht ganz. Aber verdient hätte ich den Titel. Irgendwann werde ich es jedenfalls ganz sicher sein – bei den Flossen einer Ölsardine!

»Aha. Und was macht diesen Sherlock so besonders?«, hake ich nach.

»Er ist ein wahrer Gentleman mit messerscharfem Verstand.«

Ich will jetzt nichts sagen – aber was unterscheidet diesen Sherlock dann von mir? Außer, dass er wahrscheinlich ein Mensch ist? Odette scheint meine Gedanken lesen zu können.

»Winston, auch wenn du damals mit dafür gesorgt hast, dass Emilias Entführer gefasst wurde – Sherlock Holmes ist eindeutig eine andere Liga. Er ist ein Meister der detailgenauen Beobachtung und nüchternen Schlussfolgerung, gewissermaßen der Erfinder moderner Ermittlungsarbeit und forensischer Arbeitsmethoden.«

Maunz! Jetzt bin ich tatsächlich beleidigt. Was heißt denn hier *auch wenn ich mit dafür gesorgt habe*? Ich habe dafür gesorgt, Punkt! Und nicht *mit*! Außerdem bin ich auch ein Meister der detailgenauen Beobachtung und der forensi… äh … fore… ach, egal. Ein Meister eben.

»Ach ja? Wenn der so berühmt ist, warum habe ich dann noch nie von ihm gehört«, erwidere ich also und klinge dabei eingeschnappter, als ich es eigentlich wollte.

»Vielleicht hast du einfach keine Ahnung von Meisterdetektiven?«, mischt sich jetzt auch noch Karamell ein. Wie zu erwarten mit einem völlig unqualifizierten Wortbeitrag!

»Quatsch!«, schnaube ich. »Natürlich habe ich Ahnung. Und ich sage euch: Der berühmteste Detektiv ist und bleibt James Bond.«

»Nee«, widerspricht mir Spike, »Bond ist kein Detektiv, sondern ein Agent. Das ist was völlig anderes.«

Jetzt reicht es mir aber! »Hey, ich dachte, ihr seid begeistert, wenn ich euch von Toms Plan erzähle. Weil es nämlich die Gelegenheit ist, als vier Muskeltiere wieder zuzuschlagen. Aber wenn ihr euch hier lieber mit Haarspaltereien aufhalten wollt – von mir aus. Dann helfe ich den Kindern eben allein.«

So! Denen habe ich es aber gegeben! Ich mache auf den Tatzen kehrt und marschiere aus dem Innenhof, ohne mich noch mal umzudrehen.

In unserer Wohnung stolpere ich als Erstes über Werner, der aus irgendeinem Grund im Flur herumsteht und sich mal in die eine, mal in die andere Richtung dreht. Jetzt fährt er sich auch noch mit der Hand durch die Haare und zupft die ein oder andere abstehende Locke glatt. Ob das irgendeine Art Tanz ist? Erst auf den zweiten Blick erkenne ich, dass es der Garderobenspiegel ist, vor dem Werner hin und her tanzt. Will er wohl wissen, wie er gerade aussieht? Das könnte ich ihm sagen, wenn ich noch sprechen könnte: Irgendwie verkleidet.

Während Werner normalerweise Stoffhosen trägt, hat er sich jetzt in eine Jeans … nun ja: gezwängt. Sie ist ihm nämlich meiner Meinung nach ein bisschen zu eng. Ich bin natürlich kein Experte, wenn es um menschliche Kleidung geht. Allerdings finde ich, man sollte in ihr schon ein- und ausatmen können, sonst stimmt etwas nicht. Und bei Werner und seiner Jeans sieht es eindeutig so aus, als müsse er die Luft anhalten, damit der oberste Knopf nicht wieder aufspringt.

Ich setze mich neben ihn und beobachte das Schauspiel noch ein Weilchen. Während er sich hin und her dreht, murmelt er etwas in seinen nicht vorhandenen Bart, was ich kaum verstehen kann: »Karten für die Oper … würde mich sehr freuen … wenn Sie … also, wäre doch sehr nett … Karte ist sowieso übrig … Vielleicht könnte Ihre Frau Mutter so lange auf Kira aufpassen …«

Hm. Sehr seltsam! Übt der einen Text? Nur wofür?

Der Schlüssel dreht sich im Schloss. Anna kommt herein, in jeder Hand eine Einkaufstüte.

Werner räuspert sich, fährt herum und stürzt auf sie zu. »Hallo, Anna! Lassen Sie mich Ihnen helfen, das ist ja viel zu schwer!«

Anna lacht. »Aber Herr Professor! Das sind doch nur ein paar Lebensmittel – alles in Ordnung!«

»Nein, nein, ich trage es Ihnen in die Küche. Und dann … äh … wollte ich Sie noch etwas … äh … fragen.« Mit einem Mal klingt Werner ganz unsicher.

»Klar. Was gibt es denn?« Anna stellt die Tüten auf den Boden und mustert Werner neugierig. Der fährt sich noch einmal durch die Haare, bevor er Luft holt und dann tatsächlich mit dem kleinen Text beginnt, den er eben vor dem Spiegel geübt hat.

»Ich … äh … ein Freund von mir ist Querflötist an der Staatsoper und hat mir für morgen überraschend zwei Karten für *La Traviata* gegeben. Und, da dachte ich … also, wenn ich da hingehe … also, eine Karte ist dann ja noch übrig, und es wäre doch sehr nett, wenn wir beide …«, er verschluckt seine eigenen Worte beinahe, »äh, also, und vielleicht könnte ja Ihre Frau Mutter … also, ich meine …«

Grundgütiges Katzenklo! WERNER! Was für ein unfassbares Gestammel! Das habe ich bei ihm bis jetzt noch nie erlebt. Was ist bloß los mit meinem liebsten Dosenöffner? Eigentlich ist er doch ein ganz schlaues Kerlchen! Ob er irgendwie krank ist? Ich überlege kurz, was ich über Krankheiten bei Menschen weiß. So viel steht fest: Viel ist es nicht. Werner ist nämlich von robuster Natur und eigentlich nie krank. Im Winter vielleicht mal ein bisschen verschnupft, aber ansonsten ist er sehr pflegeleicht. Ich mustere ihn gründlich, wie er da steht, mal Anna anguckt, dann wieder den Boden, und dabei seine Hände knetet.

Hm. Dieses nervöse Leiden habe ich schon mal gesehen. Nicht bei Werner, aber im Fernsehen. Und es war ein Zeichen für … äh, Moment … das war ein Zeichen für: richtig! Für Verliebtheit! Ob mein Werner tatsächlich verliebt in Anna ist? Und deswegen auch so nervös?

Anna scheint auch bemerkt zu haben, dass mit Werner etwas nicht stimmt. Sie guckt ihn mit großen Augen an. Dann lächelt sie. »Ach, ich verstehe! Sie wollen meine Mutter fragen, ob sie Lust hat, mit Ihnen in die Oper zu gehen. Das ist aber eine sehr nette Idee, da wird sie sich sehr freuen! Meine Mutter liebt die Oper!« Werner starrt sie an, sagt aber nichts mehr. »Aber da können Sie sie doch gleich selbst fragen. Moment, ich schaue mal nach ihr.«

Anna dreht sich um und läuft in Richtung des Gästezimmers, Werner bleibt wie ein begossener Pudel im Flur stehen. Dann atmet er tief aus – und öffnet den obersten Knopf seiner Jeans. Schätze mal, ein Abend in der Oper mit Babuschka war nicht ganz das, was er eigentlich vorhatte.

Träume sind nicht immer Schäume und wer mit Gräfin Dracula loszieht, braucht die passenden Klamotten.

Ich habe einen wundervollen Traum: Ich liege auf dem Sofa, die Sonne scheint mir auf die Nase, und das Beste – Odette liegt genau neben mir, und zwar so nah, dass ich ihr Herz schlagen hören kann! Es ist herrlich. Wir liegen einfach nur so da und ich genieße das Gefühl, wenn Odette sich bewegt und ihr Fell an meinem schubbert.

»Weißt du, ich würde mich ja gern bei dir entschuldigen, aber das geht nicht, wenn du so tief und fest schläfst.«

Faszinierend. In meinem Traum höre ich Odettes Stimme so laut und deutlich, als ob sie tatsächlich neben mir liegen würde. Ich schnurre wohlig. Hoffentlich werde ich nicht so schnell geweckt. Etwa von Babuschka, die findet, dass Katzen prinzipiell nichts auf dem Sofa zu suchen haben, und mich jedes Mal verscheucht, wenn sie mich dort erwischt.

»Winston, hörst du, was ich sage?«

Schnurrschnurrschnurr. Klar höre ich das. Rede ruhig weiter, holde Schöne!

Jetzt knufft mich jemand in die Seite und es fühlt sich

ziemlich echt an. Aua! Will mich da einer mit Gewalt wecken? Vielleicht Babuschka? Vorsichtig öffne ich ein Auge und linse Richtung Knuff. Ich brauche einen Moment, um zu kapieren, wen ich da sehe. Aber dann bin ich hellwach.

»Odette! Was machst du denn hier?«

»Wie ich schon sagte: Ich möchte mich entschuldigen. Das gestern war blöd von mir. Du weißt schon, die Sache mit Sherlock Holmes. Und deswegen wollte ich dir sagen, dass es mir leidtut. Na ja, und natürlich, dass ich echt gern mitmachen würde. Also, bei der Verbrecherjagd, meine ich.«

Ich rapple mich hoch. »Wie … äh … wie bist du hier hereingekommen?« Mannomann, ich stammle schon wie Werner!

Odette kichert. »Durch die Katzenklappen natürlich. Erst hatte ich ein bisschen Bammel, aber dann war es ganz einfach.«

»Und dann bist du hier einfach so reinmarschiert? Und niemand hat dich gesehen?«

»So isses. Seit unserem letzten Abenteuer weiß ich doch, wo du wohnst. Dass ihr nun endlich eine Katzenklappe habt, hat meinen Besuch sehr erleichtert. Schwupp, war ich drin! Dann immer der Nase nach – wobei mir eigentlich auch so klar war, wonach ich zu suchen habe.«

»Hä?«

»Nach einem Sofa natürlich!« Sie schnurrt. »Und dann war es genau so, wie ich vermutet hatte. Du lagst da und hast gepennt.«

Bei meinen Schnurrhaaren! Eigentlich ist Odette schon wieder ziemlich frech. Also, dafür, dass sie eigentlich hergekommen ist, um sich zu entschuldigen. Aber irgendwie ist es auch genau das, wofür ich sie so bewundere. Ihre freche, mutige, vorwitzige Art. Ich glaube nicht, dass ich so mir nichts, dir nichts in eine fremde Wohnung marschiert wäre.

»Ich freue mich, dass du mitmachen willst«, sage ich also. »Was ist mit den anderen? Karamell? Spike?«

Odettes Schwanzspitze zuckt hin und her. »Weiß nicht. Die habe ich nicht gefragt. Dachte mir, vielleicht machen wir beide einfach mal etwas allein. Oder was meinst du?«

Wie aus dem Nichts bekomme ich Ohrenrauschen. Hat Odette wirklich gerade vorgeschlagen, etwas allein mit mir zu machen? Also nur wir beide? Und das, ohne dass ich selbst danach gefragt habe? Wie Weltklasse ist das denn?! Unwillkürlich muss ich an den armen Werner denken, der sich bei dem Versuch, etwas allein mit Anna zu unternehmen, nun aus Versehen ein Rendezvous mit Babuschka eingehandelt hat. Da habe ich offensichtlich mehr Glück!

»Winston? Alles in Ordnung?« Odette mustert mich neugierig.

»Ja, ja, alles bestens!«, beeile ich mich, zu versichern. »Und klar, das bekommen wir bestimmt auch allein hin. Ich meine – so kompliziert ist es schließlich nicht. Wir hocken uns gemeinsam mit den Kindern vor die Schule, und wenn die Verbrecher kommen, dann weichen wir ihnen nicht mehr von der Seite. Möglichst unauffällig natürlich, aber darin sind wir Katzen doch wahre Meister.«

Odette legt den Kopf schief. »Genau. So hatte ich es mir auch gedacht. Sag mir einfach Bescheid, wann die Kinder loslegen. Ich glaube, ich hau mal wieder ab. Nicht, dass mich diese Babuschka hier noch erwischt. Die ist ja sehr energisch.«

Stimmt. Odette hat Babuschka schon mal in vollem Einsatz erlebt. Damals hatte Kiras Großmutter Emilias Entführer k. o. geschlagen, der eigentlich gerade Odette und mir an den Pelz wollte. Insofern weiß Odette ziemlich gut, dass man es sich mit Babuschka besser nicht verscherzen sollte.

»Ja, ist wahrscheinlich besser. Ich melde mich bei dir, wenn ich Genaueres weiß.«

»Mach das.« Odette streckt und rekelt sich kurz, dann springt sie mit einem eleganten Satz vom Sofa. Bevor sie aus dem Wohnzimmer läuft, schaut sie noch einmal kurz zu mir hoch.

»Ich glaube, wir sind ein gutes Team, *Schnurrlock Holmes*!«

Man kann Babuschka eindeutig riechen, bevor man sie sieht. Ein süßlich-schwerer Geruch wabert aus dem Badezimmer, kaum dass sie die Tür auch nur einen Spalt geöffnet hat. Mich überkommt spontaner Hustenreiz. Bei meinem Kratzbaum! Warum übertünchen Menschen so gern ihren eigenen Geruch? Mir fällt das schon bei Werner immer sehr negativ auf, der sich nach dem Rasieren gern so ein scharfes Zeugs ins Gesicht kippt, das man drei Meilen gegen den Wind riechen kann. Aber das Wässerchen, das bei Babuschka zur Anwendung gekommen ist, schlägt alles, was ich bisher an Menschen erschnuppert habe. Ich nehme noch eine Nase, dann wird mir schwindelig und ich muss mich hinlegen.

Das ist allerdings auch besser so, denn als Nächstes biegt Babuschka selbst um die Ecke, und würde ich nicht bereits liegen, ihr Anblick hätte mich von den Pfoten gehauen!

Sie trägt ein Kleid, das so lang ist, dass der Saum über den Boden schleift. Allerdings nur hinten, denn vorne ist das Kleid ziemlich kurz, ich kann sogar Babuschkas Knie sehen. Soweit ich das beurteilen kann, ist das Kleid pechschwarz, glitzert aber trotzdem über und über. Außerdem ist es obenrum sehr eng und gibt ziemlich viel von Babuschkas Oberkörper frei, es hat nämlich einen riesigen Ausschnitt, dessen Rand ein einziges Glitzermeer ist. Babuschkas Füße stecken in Schuhen, die sie fast zwei Köpfe größer machen – so hoch sind die Absätze! Ich bin erstaunt, dass sie auf denen überhaupt laufen kann! Dann wäre da noch ihre Frisur. Gut, Babuschka trägt die Haare immer hochgesteckt, aber diesmal sieht das eindeutig so aus, als sei etwas sehr, *sehr* großes auf ihrem Kopf gelandet. Links und rechts von den Ohren hat sie jeweils eine Haarsträhne aus diesem Riesendutt herausgezupft und gelockt. Mit anderen Worten: Babuschka ist wahrlich ein Gesamtkunstwerk.

Anna kommt pfeifend aus ihrem Zimmer, wo sie gerade noch mit Kira Englischvokabeln geübt hat. Sie sieht ihre Mutter und stößt einen kleinen Schrei aus.

»Mamuschka, wie siehst du denn aus?«

»Wieso? Hat mich Professor doch eingeladen in Staatsoper. Ist sähr elegante Veranstaltung.«

Anna schnappt nach Luft. »*Mama, ty sashla s uma!*« Aha. Anna denkt, dass ihre Mutter spinnt. Die sagt zu diesem Vorwurf allerdings nichts, sondern schreitet sehr huldvoll zum Garderobenspiegel.

»Wirklich«, zischt Anna sie nun auf Deutsch an, »man könnte denken, du bist auf dem Weg zum Kostümball! Zieh dir bitte etwas Dezenteres an!«

Aber Babuschka reagiert nicht, also schüttelt Anna nur noch den Kopf und schiebt sich an ihr vorbei. Ich folge ihr. Vor Werners Schlafzimmertür bleibt sie kurz stehen und klopft. »Herr Professor?«

»Moment!«, antwortet Werner durch die geschlossene Zimmertür. »Ich ziehe mich gerade an.«

Einen kurzen Moment später öffnet er die Tür. Ich bin bei seinem Anblick fast ein bisschen enttäuscht, denn anders als Babuschka sieht Werner völlig normal aus. Anzug, Krawatte – das war's.

»Was gibt's denn?«

»Ähm, ich wollte Sie nur vorwarnen.«

»Vorwarnen?«

Anna zögert kurz. »Also, in erster Linie vor dem exzentrischen Kleidungsgeschmack meiner Mutter. Also, nicht, dass Sie gleich einen Herzinfarkt bekommen, wenn Sie sie sehen.«

Werner lacht. »Na, so schlimm wird es schon nicht sein.«

»Und ob. Sie sieht aus, als sei sie auf dem Weg zum Wiener Opernball. Oder zu Graf Dracula. Ich habe versucht, sie davon abzubringen, aber keine Chance!«

»Hm.« Werner guckt kurz an sich hinunter. »Dann bin ich wahrscheinlich hoffnungslos underdressed.«

Anna schüttelt den Kopf. »Nein, nein! Sie sind perfekt!«

Ein Lächeln huscht über Werners Gesicht. »Danke schön, Anna. Aber natürlich soll sich Ihre Mutter an meiner Seite wohlfühlen. Warten Sie, ich ziehe mir rasch etwas anderes an. Hoffentlich passe ich da noch rein.«

Er schließt die Tür wieder und ich pilgere zurück zu Babuschka, die immer noch vorm Spiegel steht und gerade ihr dramatisches Augen-Make-up noch dramatischer ausmalt. Anna hat recht: Graf Dracula wäre in diesem Aufzug der passende Begleiter! In allen Filmen, die ich bisher mit ihm gesehen habe, war er genau so angezogen, als sei er heute Abend mit Babuschka verabredet.

Kurz darauf kommt Werner aus seinem Zimmer – jetzt trägt er einen pechschwarzen Anzug mit schwarz-glänzendem Revers, ein weißes Hemd mit kurzem Kragen und eine schwarze Fliege. Dazu hat er seine schwarzen Lackschuhe angezogen, die er nur an hohen Festtagen trägt, weil sie ihm eigentlich eine halbe Nummer zu klein sein.

Er sieht Babuschka und beginnt zu strahlen. »Ah, Frau Kovalenko! Sie sehen ganz bezaubernd aus!«

Babuschka nickt ihm hocherfreut zu. »Danke, Herr Professor. Sie sind auch eleganter Mann!« Dann, mit einem Blick auf Anna: »Siehst du, Anna, ich wusste es! Wenn Professor geht in Oper, trägt er sogar Smoking. Ist er Mann mit Stil!«

Anna sagt dazu nichts, offenbar, weil sie damit beschäftigt ist, einen Lachkrampf zu unterdrücken. Stattdessen hält sie den beiden die Tür auf. Babuschka rauscht an ihr vorbei, dahinter Werner, der fröhlich vor sich hin summt. Als er an Anna vorbeigeht, hat die sich wieder im Griff.

»Sie alter Schleimer«, raunt sie ihm zu. Und dann brechen beide doch noch in Gelächter aus. Hoffentlich hat Babuschka das nicht gehört!

Als Babuschka und Werner verschwunden sind, beginnt Anna in der Küche, das Abendbrot für sich und Kira zuzubereiten. Weil sich Betteln bei Anna sowieso nicht lohnt, schleiche ich rüber zu Kira. Wenn ich schon nichts zu fressen abstauben kann, dann doch wohl hoffentlich ein paar Streicheleinheiten!

Kira sitzt auf dem Stuhl vor ihrem Schreibtisch und hat den Kopf auf ihre Hände gestützt. Ich streiche an ihren Beinen entlang, sie bückt sich zu mir herunter.

»Boa, Winston, wenn du wüsstest, wie langweilig Vokabellernen ist.« Sie stutzt kurz und kichert dann. »Ach nee, das weißt du ja!«

Stimmt, weiß ich. Und fand es auch nicht so besonders prickelnd.

»Warum bin ich nicht einfach zweisprachig mit Englisch aufgewachsen? Ich meine – Russisch? Wer spricht das schon? Also, außer Mama und Babuschka. Ich kenne niemanden, mit dem ich mich sonst auf Russisch unterhalten könnte. Voll überflüssig.«

Maunz, also das finde ich nun gar nicht! Im Gegenteil: Ich finde, Russisch ist eine sehr schöne, melodiöse Sprache. Wenn Babuschka Kira etwas auf Russisch vorliest, höre ich immer sehr gern zu!

Kira seufzt und schnappt sich wieder ihr Vokabelheft. »Allein diese unregelmäßigen Verben! Ätzend. *Win, won, won. Get, got, gotten. Bring, brought, brought. Sing, sang …*«

In diesem Moment klingelt es an der Wohnungstür. Dankbar für die Ablenkung springt Kira sofort auf und rennt, dicht gefolgt von mir, aus dem Zimmer. Sie öffnet die Tür. Als Kira allerdings sieht, wer der unerwartete Besucher ist, weicht sie automatisch einen Schritt zurück. Und ich gleich mit ihr. Dort steht noch jemand, mit sie sich auf Russisch unterhalten könnte: Vadim, der Schreckliche. Was für eine unangenehme Überraschung!

Je später der Abend, desto doofer die Gäste. Macht aber nichts, denn endlich geht's los!

Vadim lümmelt betont lässig am Küchentisch und macht so gar keine Anstalten, uns nach dem Abendessen wieder zu verlassen. Schlimm genug, dass ihn Anna überhaupt bewirtet hat, aber jetzt soll der gefälligst abhauen! Wenn ich ein Hund wäre, würde ich ihn anknurren! Auch Kira sieht so aus, als würde sie ihm liebend gern einen Tritt in den Hintern verpassen. Nur Anna bleibt freundlich und ist ganz die vorbildliche Gastgeberin. Sie hat vorhin auch Vadims Begrüßung, er sei gerade zufällig in der Gegend gewesen, mit einem milden Lächeln quittiert, obwohl das garantiert eine faustdicke Lüge war.

»Tja, ist ja 'ne ziemlich noble Gegend hier. Als du mir neulich erzählt hast, wo ihr jetzt wohnt, konnte ich es erst gar nicht glauben«, nuschelt Vadim, während er sich mit einem Finger in den Zähnen rumpult.

Anna zuckt mit den Schultern. »Ist halt nah an der Universität, da hat der Herr Professor es nicht weit zur Arbeit.«

Vadim grinst. »Ja, der Herr Professor. Und ordentlich Kohle scheint er auch zu haben. Eine echte Luxushütte bewohnt er, nicht schlecht. Allerdings: Bestimmt ein bisschen langweilig hier.«

Kira starrt ihn an. »Warum?«

»Na, die ganzen reichen alten Säcke hier. Da feiert doch bestimmt keiner mal eine richtig Party oder haut sonst wie auf die Sahne. Das passt gar nicht zu deiner Mutter.«

Anna lacht. »Ach, Vadim! Darum geht es doch gar nicht im Leben. Hier kann man wunderbar ein Kind großziehen. Ich bin sehr froh, dass ich mit Kira hier wohnen darf.«

Vadim bedenkt sie mit einem finsteren Blick, sagt aber nichts dazu.

Stattdessen legt Kira los. »Werner ist superklasse! Ein Spitzentyp, nett und schlau UND hilfsbereit. Als du damals so ausgetickt bist, hat er uns gleich geholfen! Obwohl er uns kaum kannte, durften wir bei ihm einziehen.«

Vadim schnaubt. »Ich bin nicht ausgetickt. Ich war nur ein bisschen sauer, weil deine Mutter wegen der Zigarettengeschichte so ein Riesenfass aufgemacht hat. Nichts weiter.«

Kira schüttelt den Kopf. »Hallo? Du hast die Tür eingetreten und wie ein Verrückter rumgebrüllt! Und später hast du mich und meine Freunde in deiner Wohnung eingesperrt. Ich hatte Mega-Angst vor dir!«

Vadim holt Luft und sieht aus, als würde er jeden Moment losbrüllen. Dann überlegt er es sich aber doch anders und schlägt stattdessen ungewöhnlich liebliche Töne an. »Das verstehe ich«, sagt er, »und das tut mir auch sehr leid. Aber ich habe aus der Sache gelernt und bin heute ein anderer Mensch. Ich mache keine krummen Dinger mehr, sondern habe einen richtigen Job.« Er lächelt Kira an. »Du glaubst gar nicht, wie sehr ich mich gefreut habe, als ich bei einer Botenfahrt deine Mutter wieder getroffen habe. Ich möchte euch so gern beweisen, dass ich mich geändert habe!«

Seine Stimme klingt dabei ungefähr so ölig wie eine ganze Büchse Sardinen. Mindestens. Kira rollt mit den Augen, aber Anna scheint sich über dieses Süßholzgeraspel zu freuen.

»Sicher, Vadim. Jeder Mensch verdient eine zweite Chance.«

»Genau!«, pflichtet ihr Vadim sofort bei. »Mehr will ich ja gar nicht. Eine zweite Chance!«

»Eine zweite Chance wofür?«, fragt Kira misstrauisch nach.

»Ein Freund zu sein. Verstehst du? Ich möchte für euch gern ein guter Freund sein. Mehr nicht. Aber auch nicht weniger.«

Pfff. Wer's glaubt, wird selig. Ich glaube es nicht. Und Kira glaubt es offensichtlich auch nicht, denn sie fängt an zu kichern. Ich hoffe nur, dass umgekehrt Anna von Vadim auch nicht mehr will als ein friedliches, freundliches Miteinander. Nicht, dass sie in diesen Schuft verliebt ist und deswegen absichtlich den armen Werner mit Babuschka in die Oper geschickt hat.

Bevor es deswegen aber noch Streit geben kann, schaut

Anna demonstrativ auf die große Uhr in der Küche. »So, es ist fast neun Uhr. Höchste Zeit, ins Bett zu gehen, liebe Kira. Ich bin auch schon ganz müde. Vadim, war nett, dich mal wieder zu sehen. Vielen Dank für den spontanen Besuch!«

Ich sehe Vadim deutlich an, dass er gern noch länger geblieben wäre, aber er versteht den deutlichen Wink mit dem Zaunpfahl und steht von seinem Stuhl auf. »Ja, ich werd dann mal wieder.«

Anna bringt ihn zu Tür. Als sie ihm zum Abschied die Hand geben will, zieht er Anna blitzschnell an sich und versucht, sie zu küssen. Dieser Versuch landet allerdings auf Annas Wange, weil sie den Kopf wegdreht.

»Vadim!«, schimpft sie. »Was soll denn das? Nur Freunde, mehr nicht, schon vergessen?«

Vadim lässt sie los. »'tschuldigung«, murmelt er dann, »hast ja recht. Nur Freunde!«

Sie hält ihm noch mal die Hand hin, er schüttelt sie wortlos. Und verschwindet endlich.

Puh! Das war knapp. Aber die gute Nachricht des Abends ist: Anna ist wohl nicht in Vadim verliebt. Sie will nur nett zu ihm sein. Warum, verstehe ich zwar nicht ganz, aber vielleicht ist das so eine Eigenschaft von Menschenfrauen. *Sei nett zu deinem Exfreund!* Ist auch egal. Hauptsache, der blöde Vadim kommt meinem Werner nicht in die Quere.

»Mama, ist es okay, wenn ich heute nach der Schule noch mit zu Pauli nach Hause gehe? Wir wollen noch mal für die nächste Klassenarbeit Englischvokabeln üben.«

Diese Frage, die Kira stellt, während sie schon fast mit der Schultasche unterm Arm aus der Tür ist, überrascht mich dann doch. Freiwillig Vokabeln üben? Anna allerdings schluckt die Geschichte sofort. Klar, über so etwas freut sich wahrscheinlich jede Mutter …

»Aber natürlich, mein Schatz!«

»Und … äh … wäre es auch okay, wenn ich da übernachte? Also, ausnahmsweise? Weil, also … Paulis Mutter hat extra so einen englischsprachigen Film ausgeliehen. Damit wir unser Hörverstehen trainieren, weißt du?«

Anna zögert. »Hm. Muss das sein? Morgen ist doch noch Schule. Warum macht ihr das nicht von morgen auf übermorgen? Dann ist schließlich Wochenende.«

»Ähm, ja, aber da ist Pauli gar nicht da, weil … die fahren am Wochenende weg. Es geht also nur heute!«

Na, so was. Da ist doch etwas gewaltig faul! Ich schiele zu Anna hoch, gespannt, was sie zu diesem dicken Bären sagt, der ihr gerade aufgebunden werden soll. Sie seufzt.

»Na gut, mein Schatz. Aber wirklich nur ausnahmsweise.«

»Danke, Mama, du bist die Beste!« Kira fällt Anna um den Hals, dann saust sie auch schon aus der Tür und die Treppe runter.

Ich bleibe auf meinem schwarzen Po hocken und überlege, warum ich das gerade so höchst verdächtig finde.

Also, wenn morgen kein Wochenende ist, aber übermorgen schon … dann ist morgen Freitag und übermorgen Samstag. Und wenn morgen Freitag ist, dann ist heute … DONNERSTAG!!! Und dann will Kira mit ihrer Freundin garantiert keine Vokabeln lernen, sondern auf Verbrecherjagd gehen! Was im Umkehrschluss bedeutet, dass auch Super-Winston heute nach Schulschluss dringend mitkommen muss, um ja nichts zu verpassen. Natürlich zusammen mit seiner reizenden Assistentin, Fräulein Odette. Okay. Streichen wir die Assistentin. Passt nicht zu Odette. Sie ist die Wucht. Also, mit meiner reizenden Partnerin Odette. Die allerdings muss ich jetzt mal schleunigst suchen. Nicht, dass wir nachher unseren Einsatz verpassen!

Im Hof angekommen, treffe ich allerdings nur auf den dicken Spike. Er läuft auf mich zu. »Hey ho, Kumpel! Na, was geht?«

»Ähm, so weit alles klar bei mir. Äh, du, sag mal … wo ist denn Odette?«

Ich weiß, es ist gemein, weil wir ja eigentlich die *vier* Muskeltiere sind, aber ich habe gar keine Lust, ihm zu erzählen, was ich heute Nachmittag vorhabe. Odettes Vorschlag, es nur zu zweit zu versuchen, finde ich einfach zu verlockend.

»Odette? Ich glaube, die zeigt Francesco gerade das Viertel.«

Zeigt Francesco das Viertel? Irgendwas an dieser Nachricht gefällt mir nicht – und ich glaube, es ist der Name *Francesco*. Wer, zur Ölsardine, ist das?

Ich hole tief Luft und bemühe mich, total lässig zu klingen. »Francesco? Nie gehört. Wer soll das denn sein?«

»Na, der neue Kollege. Italiener. Rassig. Echter Straßenkämpfer, wenn du weißt, was ich meine.«

»Nein. Weiß ich nicht. Wieso überhaupt Straßenkämpfer? Was gibt's denn da zu kämpfen?«

Spike legt den Kopf schief. »Tja, also, so wild und gefährlich eben. Nicht so ein Sesselpupser und Sofalieger wie wir.«

Hallo?! Sesselpupser? Sofalieger? Das soll wohl ein Scherz sein! Ich bin auch wild und gefährlich! Jedenfalls meistens. Also, wenn ich nicht gerade auf dem Sofa liege. Ich versuche, cool zu bleiben. Und vor allem: auch so zu klingen. Vor Spike will ich mir keine Blöße geben.

»Sofalieger hin, Sofalieger her – wo könnten die beiden denn sein? Ich muss da nämlich was Dringendes mit Odette besprechen.«

Spikes Schwanzspitze zuckt hin und her – er überlegt. »Tut mir leid, da muss ich passen. Warte doch einfach mit mir hier, irgendwann werden die von ihrer Erkundungstour ja mal zurück sein.«

Warten? Nicht gerade meine Stärke. Wobei ich auf eine schöne Frau wie Odette natürlich immer und jederzeit gern warten würde, auf Odette in Begleitung eines fremden Katers wiederum überhaupt nicht. Da mache ich mich lieber selbst auf die Pfoten und suche sie.

Ich laufe los und schaue an allen Ecken nach, die Odette immer besonders schön findet. Bei der kleinen Blumeninsel zwischen den beiden Nachbarhäusern, auf die immer so schön die Sonne scheint: Fehlanzeige. Auf der Bank neben dem Bäcker: Fehlanzeige. Zwischen den beiden großen Kastanien schräg gegenüber von unserem Haus: auch Fehlanzeige.

Ich will schon fast aufgeben, da höre ich Odettes Lachen. Wie immer glockenhell und wunderschön – also, jedenfalls, wenn man Sinn für das Lachen einer Katze hat. Für menschliche Ohren klingt es wahrscheinlich eher wie ein Schnauben.

Blitzschnell sause ich in Richtung des Geräuschs, biege einmal um die Ecke – und mache eine Vollbremsung. Denn dort, vor dem Zigarettenkasten, an dem sich Babuschka immer heimlich ihre Päckchen besorgt, steht Odette. Nein, sie steht nicht einfach so da. Sie lehnt ganz vertraut an der Schulter eines großen, ebenfalls weißen, zugegebenermaßen blendend aussehenden Katers – und himmelt ihn an!

Noch mehr ungebetene Gäste. So wird das nie was!

Wir werden diesen aufgeblasenen Schönling einfach nicht los. Egal, was ich versuche, er klebt an uns wie ein ausgelutschter Kaugummi, in den man versehentlich hineingetappt ist. Das Schlimmste ist aber gar nicht Francesco selbst, sondern die Tatsache, dass es Odette überhaupt nicht zu stören scheint, dass dieser fremde Kater sich so mir nichts, dir nichts in unser kleines Ermittlerteam eingeklinkt hat. Während sie gestern noch entschlossen war, am liebsten mit mir allein auf Verbrecherjagd zu gehen, war sie eben von Francescos Vorschlag, uns beide zu unterstützen, geradezu entzückt.

»Weißte du, meine *bella* Odette«, hat Francesco mit diesem albernen italienischen Akzent geflötet, »vielleichte iste besser, *io*, also ich, komme mit euch. In Palermo habe ich oft gejagt die Mafia, *capisce*? Iste sicherer, wenn ich bin bei dir, Odette, *mia bella ragazza*!«

Und was hat Odette gesagt? Nicht etwa das einzig Naheliegende, nämlich: Nein danke. Nein, angestrahlt hat sie ihn und gehaucht: »Ach, das würdest du für uns tun?« So ein katzenklomäßiger Mist! Da hätte ich ja gleich Spike mitnehmen können. Und Karamell auch noch. Dann hätte ich wenigstens jemanden, mit dem ich mich unterhalten könnte, statt nur stumm vor den beiden herzulaufen und ihnen den Weg zur Schule von Kira zu zeigen. Ach, es ist einfach zum Schwanzhaareausreißen, und ich kann nun sehr gut verstehen, warum Werner so schlechte Laune bekam, als auf einmal dieser blöde Vadim aufgekreuzt ist.

»Winston, nun mach doch mal langsamer! Du rennst so schnell, wir kommen kaum hinterher.« Odettes Stimme reißt mich aus meinen düsteren Gedanken.

Ich halte kurz an und drehe mich um. »Wenn ihr nicht die ganze Zeit quatschen würdet, hättet ihr kein Problem mit dem Tempo«, maule ich sie an, »ich habe Angst, dass wir zu spät zur Schule kommen und die Kinder verpassen. Und von allein finden wir die Gutenberg-Schule nie. Also, dalli, dalli!«

Francesco kichert. »Ma Winstoon, warrrum 'aste du so schleschte Laune? Iste schöner Tag, die Sonne scheint, alles ist *bellissimo*! Ey, entspannst du dich und bleibst du mal einfach cooool!«

»Ich *bin* cool!«, fauche ich ihn an. Leider kichert nun auch noch Odette. Grrrr, maunz, miauuoooo! Was für ein Idiot! Wenn ich mir das noch länger anhören muss, mache ich mir gleich einen Knoten in meine Ohren. Wieso ist dieser Casanova nicht in Palermo geblieben, wo auch immer das sein mag? Ich beschließe, die beiden zu ignorieren. Sollen sie machen, was sie wollen, ich werde auf alle Fälle rechtzeitig bei der Schule sein.

Zwei Straßenecken weiter taucht das Wilhelminen-Gymnasium schon auf. Noch ist es vor dem Eingangsportal ganz ruhig. Ein gutes Zeichen – wenn die Schule schon vorbei wäre, würde es hier vor Kindern nur so wimmeln. Natürlich haben nicht alle Kinder gleichzeitig Schluss, aber meine Erfahrung sagt mir, dass Kira meistens dann nach Hause kommt, wenn ich mich zu einem kleinen Mittagsschläfchen auf mein Kissen vor dem Sofa zurückziehe. Und das wäre genau jetzt. Unter normalen Umständen würde ich mich gerade aufs Ohr hauen.

Fünf Stufen sind es zum ersten Absatz der Eingangstür, ich husche sie hoch und postiere mich dann unterhalb des Handlaufs, der auf der rechten Seite der Treppe weiter nach oben läuft. Von hier habe ich die Pforte gut im Blick und werde gleich sehen, wenn Kira, Tom und Pauli herauskommen.

Erst einmal tut sich jedoch gar nichts. Mittlerweile sind auch Francesco und Odette, diese treulose Tomate, angeschlendert gekommen und legen sich neben mich.

»So, was iste hier?«, will der italienische Möchtegern-Detektiv von mir wissen. Ich tu so, als hätte ich nichts verstanden. Soll der doch erst mal anständig Deutsch lernen!

Meine Botschaft kommt leider nicht bei Francesco an. Denn Odette, die auch schon mal im Wilhelminen-Gymnasium war, setzt sofort zu einer Erklärung an. »Das hier ist die Schule von Kira. Wenn sie mit ihren Freunden durch die Tür kommt, müssen wir den Kindern einfach nur folgen. Sie werden uns zur Gutenberg-Schule führen, und dort lauern wir dann den Tresorräubern auf.«

Francesco nickt. »Ah, *certo*! Gute Plan! Könnte gemakt seien von Frrrancesco selbst. *Molto bene!*«

»Mann, halt endlich die Klappe!«, fahre ich ihn an. »Da wird man ja ganz rammdösig bei deinem Dauergequassel!«

»Winston! Sei doch nicht so unfreundlich zu unserem Gast!« Odette klingt extrem vorwurfsvoll. Aber das ist mir jetzt egal. Dass sie den Typen hier angeschleppt hat, mag gerade noch angehen – blöd von der Seite anquatschen lassen muss ich mich von dem trotzdem nicht!

»Francesco ist überhaupt nicht mein Gast«, gebe ich zurück. »Ich hab den vorher noch nie gesehen. Und wenn der weiter so einen Unsinn redet, kann ich sogar noch viel unfreundlicher werden!« Basta und Miau!

Odette reißt die Augen auf. »Hey! So kenne ich dich gar nicht! Francesco ist neu im Viertel und kennt noch niemanden. Da ist es doch wohl selbstverständlich, dass man ihm ein bisschen die Gegend zeigt. Was ist denn bloß los mit dir?«

»Mit mir? Gar nichts. Ich frage mich eher, was mit *dir* los ist! Wir wollten zu zweit die Tresorräuber jagen und stattdessen spielen wir nun Fremdenführer für diesen dahergelaufenen Angeber!«

Francesco legt den Kopf schief und starrt mich an. »Wen

meinte diese Katerrr mit daherrrgelaufene Angeber? Meinte er etwa die liebe Francesco? Musse Francesco dann ssehrrr bose werden!«

Falls der denkt, er kann mich mit der Nummer einschüchtern, hat er sich geschnitten. Ich mustere ihn kühl. »Klar mein ich dich. Oder siehst du hier noch einen anderen Deppen, der stört? Ich habe hier einen Job zu erledigen, also halt die Klappe oder zieh Leine!«

Bevor Francesco dazu noch etwas sagen kann, ertönt im Inneren des Gebäudes ein Gong, die Eingangstüren der Schule öffnen sich und eine ganze Traube von Schülern drängt nach draußen. Wir müssen höllisch aufpassen, dass uns niemand auf die Pfoten tritt! Trotz des Gewusels entdecke ich Kira sofort und winde mich geschickt durch einen Wald von Kinderbeinen zu ihr durch.

Dem Katzengott sei Dank sieht sie mich gleich, bückt sich und hebt mich hoch. »Winston, was machst du denn hier?« Sie dreht sich nach hinten um und sucht offenbar nach ihren Freunden. »Tom, Pauli! Guckt mal, wer hier draußen auf uns gewartet hat!«

Ihre Freunde drängen sich zu uns. Tom erreicht uns als Erster und streichelt mir über den Kopf. »Hey, Winston, alter Freund! Ich wette, du willst uns bei der Operation Sherlock helfen, richtig?«

Ich schnurre zur Bestätigung.

Kira lacht. »Wahnsinn, dieser Kater! Ich hatte fast vergessen, wie sehr er sich auch bei unserer letzten Detektivgeschichte reingehängt hat. Eigentlich hätte ich von allein drauf kommen können – immerhin ist er mir in letzter Zeit nicht von der Seite gewichen und war bei jeder Besprechung dabei.«

Jetzt hat es auch Pauli zu uns geschafft. »Super! Mit Winstons Unterstützung kann wirklich nichts mehr schiefgehen! Willkommen im Team!«

Ich schnurre lauter und hoffe, dass Odette und Francesco mitbekommen haben, was für einen legendären Ruf ich mir bei den Kindern erworben habe. Aber Doofmann Francesco hockt immer noch auf der Treppe und betrachtet gerade sehr gründlich seine Krallen. Nur Odette ist in der Zwischenzeit näher gekommen.

»Oh, hallo! Hier ist ja auch Odette«, wird sie von Kira freundlich begrüßt. »Damit ist die Katzentruppe fast komplett. Wo habt ihr denn den Dicken und den Braunen gelassen?«

Kira kennt natürlich alle meine Hinterhoffreunde, und auch wenn sie nicht weiß, dass wir die vier Muskeltiere sind, hat sie doch bei unserem letzten Fall gemerkt, dass wir einfach unschlagbare Detektive sind. Mittlerweile ärgere ich mich selbst, dass ich Spike und Karamell nichts von der ganzen Aktion erzählt habe. Man soll seine Freunde eben nicht hintergehen – so etwas bestraft der Katzengott anscheinend sofort. In diesem Fall mit dem blöden Francesco!

Letzteren hat nun auch Kira entdeckt. »Oh, wie süß! Du bist aber ein hübsches Kätzchen, wo kommst du denn her?« Sie bückt sich, setzt mich wieder auf den Boden und nimmt nun tatsächlich den doofen Francesco auf den Arm. »Guck mal, Pauli, der ist ja niedlich!«

Bitte, geht's nicht eine Nummer kleiner? Man kann es echt übertreiben. Was finden die Frauen alle nur an diesem Kerl? Mir wird gleich schlecht! Ich kann mich nicht mehr beherrschen und fange an, sehr weinerlich zu maunzen.

Pauli lacht. »Kira, ich glaube, Winston ist eifersüchtig. Hör mal, wie der sich hier unten aufführt.«

»Ach Unsinn, dafür gibt's wirklich keinen Grund. Nur weil ich nett zu einer fremden Katze bin, heißt das doch nicht, dass Winston nicht mehr mein erster und einziger Lieblingskater ist!«

Hm – ach so? Stelle ich mich vielleicht wirklich ein bisschen an? Und ist Odette einfach nur nett zu einem gestrandeten Kollegen?

Bevor ich aber noch weiter über diesen Punkt nachdenken kann, scheucht uns Tom schon auf die Straße. »Also, ich will nicht drängeln, aber die Gutenberg-Schule liegt nicht gerade um die Ecke. Mit Bus und U-Bahn brauchen wir bestimmt eine Dreiviertelstunde, bis wir da sind. Dann vielleicht noch eine Kleinigkeit essen und einen guten Beobachtungsposten suchen – wir müssen langsam los!«

»Was wollt ihr denn so Dringendes bei der Gutenberg-Schule?«, ruft eine Stimme hinter uns.

Oh nein! Leonie kommt auf uns zugeschlendert – die blödeste Zicke der ganzen Schule! Leider geht sie mit Kira,

Tom und Pauli in eine Klasse und hat eigentlich den ganzen Tag nichts anderes zu tun, als ihren Mitschülern das Leben schwer zu machen. Unterstützt wird sie dabei von ihrer ebenso blöden Mädchenclique, deren unangefochtene Königin sie ist.

Leonie bleibt vor uns stehen und guckt uns herausfordernd an. »Nun sagt schon, ich bin neugierig!«

»Geht dich gar nichts an«, fertigt Tom sie knapp ab.

»Mir ist aber langweilig. Keine meiner Freundinnen hat heute Zeit. Wie wäre es, wenn ich einfach mitkäme?«

»Schlecht«, erwidert Pauli trocken.

»Ach, kommt schon«, quengelt Leonie weiter. »Ihr könnt doch froh sein, wenn sich das beliebteste Mädchen der Klasse endlich mal für euch Loser interessiert. Vielleicht färbt ein bisschen von meinem Glamour auf euch ab.«

»Danke, darauf können wir gut verzichten«, stellt Kira kühl fest. Dann drehen sich Kira, Pauli und Tom um und lassen Leonie einfach stehen. Besser gesagt: Sie versuchen es. Denn offenbar ist Leonie wild entschlossen, uns zu begleiten. Sie läuft weiter hinter uns her, und mir schwant langsam, dass unser Plan unter keinem guten Stern zu stehen scheint. Erst gabelt Odette Francesco auf und nun werden wir Leonie nicht mehr los. So viel Pech hatten wir selten!

Tom bleibt noch mal stehen und starrt Leonie böse an. »Hey, was soll das? Hau ab und spiel mit den anderen dummen Gören. Wir wollen dich nicht dabeihaben, verstanden?«

Leonie verzieht den Mund. »Ich hab's gehört, verstanden habe ich es nicht. Was ist denn so schlimm daran, wenn ich mitkomme? Vielleicht kann ich euch ja helfen?«

Pauli und Kira prusten los. »Du und helfen? Wie denn? Am meisten hilfst du uns, wenn du endlich Leine ziehst.«

»Nö. Könnt ihr vergessen. Ich komme mit. Und seht es mal so: Wenn ich dabei bin, könnt ihr wenigstens sichergehen, dass ich euch nicht bei euren Eltern verpetze. Die wären doch bestimmt nicht begeistert, wenn sie wüssten, dass ihr heimlich nach der Schule einen Ausflug quer durch ganz Hamburg plant. Ist doch viiiel zu gefährlich für ein paar Siebtklässler! Was da alles passieren kann!« Gespielt dramatisch reißt Leonie die Augen auf und fuchtelt mit den Händen in der Luft herum.

Tom seufzt, zieht sein Handy aus der Hosentasche und schaut aufs Display. »Wir müssen los.«

Und so machen wir uns auf den Weg: Die drei Freunde, fünfzig Prozent der vier Muskeltiere inklusive Schnurrlock Holmes, Mafia-Jäger Francesco und die Superzicke. Heilige Ölsardine! Das kann ja heiter werden.

Einige Leute stören echt gewaltig. Und vermasseln alles!

Die Gutenberg-Schule ist ein riesiger, für meinen Katzengeschmack ziemlich hässlicher Bau. Die Fassade sieht so aus, als sei sie aus vielen einzelnen Teilen zusammengesetzt worden, von den Fensterrahmen blättert die Farbe ab. Und hier soll so viel Geld zu holen sein, dass sich ein Überfall lohnt?

Odette scheint die gleichen Zweifel zu haben. »Meinst du, wir sind hier richtig?«, will sie von mir wissen.

»Weiß nicht. Denke schon, dass Tom die richtige Adresse rausgesucht hat.«

»Und hier solle sein grrroße Verrbrechen?« Francesco legt den Kopf schief. »Inne Palerrrmo siehte Gägend für Verbrechen ganz anders aus. Mit viele Bars und Clubs, und nix Schule oderr so.«

Nun gut, das weiß ich natürlich besser, schließlich bin ich Detektiv: Verbrecher können immer und überall lauern. Ob nun aber tatsächlich hier, wird sich noch zeigen.

»Tom hat seine Gründe, warum er gerade hier den nächsten Überfall vermutet. Ich schlage vor, wir legen uns mit auf die Lauer und schauen, wie wir am besten helfen können. Aber wenn euch langweilig ist, könnt ihr auch wieder gehen.«

Okay, das klang jetzt böser, als es eigentlich gemeint war, und sofort fange ich mir einen frostigen Blick von Odette ein.

»'tschuldige, dass wir nachfragen!«, faucht sie. »Meine Güte, was bist du heute schlecht gelaunt! Ich dachte, du freust dich auf unser neues Abenteuer!«

Dazu sage ich nichts mehr. Wenn Odette nicht von selbst ahnt, woher meine schlechte Laune rührt, ist es sowieso sinnlos.

Ich trotte hinter Tom her, der anscheinend nach einem Platz Ausschau hält, von dem aus man die Schule gut im Blick hat. Das allerdings ist gar nicht so einfach, denn das Gebäude ist eingezwängt zwischen vielen anderen Häusern, die ungefähr genau so hässlich sind wie die Schule selbst. Hoch und grau, wie eine riesige Mauer umgeben sie das Schulgebäude – nur die wabenförmigen Balkone sind in unterschiedlichen Farben gestrichen. Schließlich steuert er auf das einzige kleinere Häuschen weit und breit zu, ein Schuppen, der schräg gegenüber der Schule steht. Dieser scheint aus Toms Sicht ein geeigneter Beobachtungsposten zu sein.

»Okay, hier ist der Plan.« Er wendet sich an uns alle. »Wir werden die nächsten Stunden hier am Fahrradschuppen rumlungern. Wenn ich mit meinem Verdacht richtigliege, dann kreuzen die Tresorräuber früher oder später auf. Wir warten ab, bis sie mit den Tresor wieder rauskommen, verfolgen sie bis zu ihrem Versteck und informieren dann die Polizei.«

Leonie schnappt nach Luft. »Ihr jagt die Tresorräuber-Bande?«

»Klar, Schnucki«, lässt Pauli sie locker abtropfen. »Oder hast du gedacht, wir besuchen hier einen Seidenmalerei-Kurs?«

»Aber, aber … das geht doch nicht! Ihr seid doch nur Kinder und die Verbrecher sind voll gefährlich, denkt an den armen Herrn Lüttge!«

Kira lacht. »Wirklich, Leonie! Das hier ist nicht das erste Verbrechen, das wir aufklären. Außerdem wolltest du doch unbedingt mitkommen. Wenn es dir zu gefährlich wird, dann fahr doch nach Hause.«

Genau! Und nimm den blöden Francesco gleich mit!

»Ich verstehe ja, dass ihr gucken wollt, ob die Räuber wirklich kommen. Auch wenn mir nicht klar ist, warum ihr denkt, dass die gerade diese Schule überfallen werden. Aber warum ruft ihr nicht einfach die Polizei, wenn die Verbrecher in der Schule sind?«

»Ganz einfach«, erklärt ihr Tom, »weil wir wissen müssen, wo die ihr Versteck haben. Denn da liegen noch schätzungsweise fünfzig Abiturklausuren vom Wilhelminen-Gymnasium rum, die wir gern wiederhätten. Sonst muss mein armer Bruder sein Mathe-Abitur noch mal schreiben – und das will er auf keinen Fall! Verständlich, oder?«

Leonie sagt nichts, aber schaut tatsächlich so, als wäre ihr in diesem Moment ein ganz riesiger Kerzenleuchter aufgegangen. Komisch. Ich meine, der Plan ist natürlich brillant. Aber vor allem besticht er durch seine Schlichtheit – dass Leonie nun so wahnsinnig überrascht ist, zeigt mir, auf was für einer langen Leitung die sonst steht.

Apropos *stehen*: Die nächsten Stunden stehen wir einfach nur dumm in der Gegend beziehungsweise vor dem Fahrradschuppen herum. Tom hat sich auf ein kleines Mäuerchen gesetzt und beobachtet den Schuleingang mit Argusaugen, die Mädchen stehen ein wenig weiter abseits und unterhalten sich. Allerdings: Sosehr Tom auch auf den Eingang starrt, es tut sich rein gar nichts. Francesco hält mittlerweile einen nicht enden wollenden Vortrag über die Schönheiten seiner Heimat Italien, und ich frage mich insgeheim, warum er nicht einfach dort geblieben ist. Da hätten wir doch beide was von gehabt – er die schöne Landschaft und ich meine Ruhe!

Auch Leonie gähnt hin und wieder verstohlen in den Ärmel ihrer Jacke. Leider führt ihre offensichtliche Langweile nicht dazu, dass sie einfach wieder nach Hause geht. Irgendetwas scheint ihr an der Aktion sehr wichtig zu sein. So wichtig, dass sie sich sogar bemüht, ein halbwegs nettes Gespräch mit Kira und Pauli zu führen und sich danach zu erkundigen, was die beiden eigentlich machen, wenn sie nicht gerade in der Schule sind. So viel Interesse an ihren Mitmenschen hat sie bisher nie gezeigt, und das macht die Sache in meinen Augen extrem verdächtig.

Kira wundert sich aber anscheinend überhaupt nicht, stattdessen plaudert sie ganz entspannt mit der blöden Leonie und beantwortet auch all ihre neugierigen Fragen geduldig. *Stopp mal!*, würde ich am liebsten laut rufen, *vielleicht will die dich nur irgendwie aushorchen*! Weil ich das nicht rufen kann, springe ich stattdessen mit einem Satz in Kiras Arme.

»Hoppla, Winston!«, ruft Kira überrascht. »Was ist denn auf einmal mit dir los? Willst du mir etwas Wichtiges sagen?«

Leonie kichert dümmlich. »Als ob der sprechen könnte! Der hat wahrscheinlich von der ganzen Warterei einfach Hunger bekommen. Wenn ich ihn mir näher ansehe, scheint der doch ganz gerne zu fressen. Guckt euch mal seine Plauze an!«

Fauch! Was fällt der dummen Pute ein? Ohne groß darüber nachzudenken, schlage ich mit ausgefahrenen Krallen nach ihr und erwische sie knapp unterhalb ihres Jackenärmels.

Sie schreit auf und zuckt zurück. »Aua, du blödes Vieh! Hast du sie noch alle?« Sie reibt über die vier zarten rosa Linien, die sich jetzt auf ihrem Handrücken abzeichnen.

Mein Gott, warum denn so empfindlich? Das kann fast überhaupt gar nicht – na gut, vielleicht eventuell ein bisschen (aber wenn, dann kaum) – wehgetan haben.

Pauli betrachtet die Kratzer interessiert, dann dreht sie sich zu mir um. »Auch wenn du nicht mehr sprechen kannst, verstehen tust du noch alles«, stellt sie nüchtern fest. Pauli weiß nämlich, dass ich mal in Kiras Körper gesteckt habe.

Leonie hingegen guckt blöd. Na ja, kein wirklich neuer Zustand. Sie will gerade zu einer zweifelsohne niederträchtigen Bemerkung ansetzen, als Tom ganz aufgeregt auf uns zugerannt kommt.

»So, jetzt alle Mann an die Waffen! Da sind gerade drei ziemlich finstere Typen aus einem Transporter gestiegen und schlendern nun auf den Schuleingang zu!«

Mit einem Mal sind auch die Mädchen wieder hellwach.

»Ehrlich? Hattest du also wirklich recht?«, ruft Pauli.

»Na hör mal, was meinst du denn damit?«, fragt Tom empört. »Wobei, ist auch egal, ich habe jetzt keine Zeit für Spitzfindigkeiten. 'türlich hatte ich recht. Los, Kira, du wolltest doch deine Kamera mitnehmen – mach mal ein paar Fotos!«

Kira nickt und kramt in ihrem Rucksack. Pauli tut so, als würde sie sich auf eines der Fahrräder aus dem Schuppen schwingen wollen, und rollt ein Stück näher auf den Schuleingang zu.

»Die haben sich aber verdammt schlau getarnt«, stellt sie fest. Ich laufe auch ein Stück nach vorne und gucke den drei Männern zu, die nun gerade die Tür der Gutenberg-Schule aufschließen. Was Pauli mit ihrer Bemerkung meint, verstehe ich allerdings nicht ganz. Denn eigentlich sind die Männer gar nicht getarnt: Sie tragen keine Masken, Sturmhauben oder dunklen Sonnenbrillen. Im Gegenteil: Sie sehen völlig normal aus und stecken in Arbeitsanzügen, wie sie Handwerker gern tragen. Der eine trägt sogar einen Werkzeugkoffer mit sich herum – sehr auffällig!

Tom stellt sich neben uns und nickt. »Ja, gute Idee! So sehen die drei einfach wie Handwerker aus und fallen keinem auf. Glauben sie jedenfalls, denn wir haben sie natürlich längst auf dem Schirm.«

Ach so hat Pauli das gemeint! Der Aufzug ist Verkleidung und Arbeitsklamotte zugleich! Das ist natürlich wirklich geschickt. So wird niemand misstrauisch werden, weil alle Außenstehenden denken, hier gehen ein paar Klempner oder Elektriker ihrer ehrlichen Arbeit nach. Gewieft! Aber nicht gewieft genug für uns! Da müssen diese Verbrecher schon früher aufstehen, wenn sie mich, Winston Churchill alias Schnurrlock Holmes, übertölpeln wollen!

»Ein paar Fotos habe ich schon gemacht.« Kira steht neben Tom und mir und schwenkt ihre Kamera hin und her. »Soll ich noch näher ran?«

Tom schüttelt den Kopf. »Nein, wenn die erst mal im Gebäude sind, müssen wir einfach warten, bis sie wieder rauskommen. Und dann folgen wir ihnen.«

Leonie runzelt die Stirn. »Wie denn? Die sind doch mit dem Auto da! Willste da etwa hinterherlaufen oder -radeln? Die sind doch viel schneller!«

Tom grinst. »An diesen Fall habe ich natürlich auch gedacht. Und dafür Folgendes vorbereitet …« Er zieht eine kleine Plastiktüte aus seiner Jackentasche und etwas, das wie eine Riesenrolle Tesafilm aussieht.

»Was ist das?«, will Leonie wissen.

»Das wird unser Peilsender«, erklärt Tom.

»Hä? Sieht für mich eher aus wie 'ne Tüte und Paketklebeband.«

»Moment.« Tom greift nun in seine andere Jackentasche und kramt ein Handy hervor. Dann steckt er es in die Tüte und umwickelt diese mit dem Klebeband.

»Dieses Päckchen klebe ich nun unter das Auto. Wenn die Verbrecher losfahren, können wir jederzeit feststellen, wo sie gerade sind. Ich habe nämlich die Ortungsfunktion an dem Handy angestellt. Clever, oder?«

Leonie zuckt mit den Schultern »Weiß nicht. Warum gehen wir nicht einfach schon mal rein und gucken, ob die wirklich gerade den Tresor klauen?«

»Ganz einfach: Die sollen keinen Verdacht schöpfen. Sonst führen sie uns nicht mehr zu ihrem Versteck, kapiert?«

Dazu sagt Leonie nichts mehr. Stattdessen läuft sie auf einmal los – und zwar zum Schuleingang!

»Hey, was soll denn das!«, ruft Tom ihr hinterher. »Bist du verrückt? Bleib gefälligst stehen!«

Aber Leonie hört nicht auf ihn. Sie läuft immer weiter und weiter, schnurstracks auf die Eingangstür zu. Und dann verschwindet sie einfach im Schulgebäude.

Auf frischer Tat ertappt. Im Keller oder sonstwo.

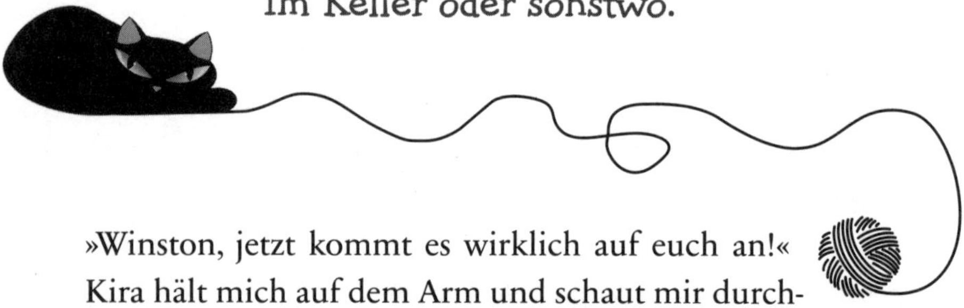

»Winston, jetzt kommt es wirklich auf euch an!« Kira hält mich auf dem Arm und schaut mir durchdringend in die Augen. »Ihr durchkämmt jetzt jedes Stockwerk, und wenn ihr Leonie oder die Verbrecher gefunden habt, dann kommt ihr wieder und führt uns zu ihnen. Und, ganz wichtig: Wenn du bei mir auf den Arm springst, heißt das, ihr habt Leonie gefunden. Bei Pauli auf den Arm springen bedeutet, dass ihr die Verbrecher gefunden habt. Und bei Tom bist du richtig, wenn ihr beide gefunden habt. Bitte erklär das auch genau deinen Katzenkollegen, okay?«

Ich schnurre als Antwort. Ist doch klar, auf Agent Winston kann sich Kira hundertprozentig verlassen! Wir werden Leonie und die Tresorknacker aufspüren, ganz sicher! Momentan befinden wir uns zwar noch in dem Vorraum gleich hinter den Eingangstüren, aber gleich werden wir loslegen.

»Sehr gut, mein Lieber!«, lobt mich Kira und krault mich hinter den Ohren. »Es ist wirklich klasse, dass ihr mitgekommen seid! So können wir völlig unauffällig die ganze Schule durchsuchen. Vielleicht haben wir Glück und finden Leonie, bevor die Tresorknacker sie bemerken.«

Tom nickt. »Ja, das wäre riesig! Dann werde ich die dumme Kuh hier eigenhändig rausschleifen, darauf könnt ihr Gift nehmen. Ich kapier echt nicht, warum die unseren ganzen Plan kaputt macht! So blöd kann man doch eigentlich gar nicht sein.«

»Ja«, stimmt Pauli ihm zu, »kann man wirklich nicht. Es sei denn, man macht es absichtlich.«

Kira runzelt die Stirn. »Aber warum sollte sie das tun? Ich glaube tatsächlich, Leonie ist und bleibt einfach eine dumme Zicke, die sich nichts von uns sagen lassen will. Genau deswegen ist sie in die Schule marschiert.« Sie seufzt. »Was soll's. Hoffen wir einfach, dass Winston und seine Freunde sie finden und wir sie rechtzeitig hier rausschaffen können. Dann machen wir mit unserem Plan weiter und gut ist es.«

Genau. So machen wir es. Ich drehe mich zu Odette und Francesco um. »Also, Leute, habt ihr das verstanden? Unser Auftrag lautet: Findet Leonie! Und nach den Verbrechern sperren wir natürlich auch die Äuglein auf.«

Francesco nickt mir zu und wirkt dabei sehr eifrig. »*Si, ho capito!* Das habe ich verstanden!«

Nun gut. Vielleicht ist es doch nicht so schlecht, dass er mitgekommen ist. Schließlich werden wir das Gebäude zu dritt wesentlich schneller durchsuchen können und sechs Katzenaugen sehen mehr als vier.

Nur Odette wirkt noch sehr nachdenklich. »Wieso bloß ist diese komische Leonie eben in die Schule gelaufen? Was will sie denn allein mit den Einbrechern?«

Ungeduldig schlage ich mit dem Schwanz hin und her. »Ist doch egal, Odette. Wahrscheinlich wollte sie einfach nur Ärger machen. Wie immer. Und nun lass uns anfangen zu suchen. Ich schlage vor, wir beginnen hier unten und arbeiten uns dann von Stockwerk zu Stockwerk nach oben.«

Wir schleichen los. Erst vom Vorraum in die große Pausenhalle im Erdgeschoss, von da weiter in den ersten Seitengang, dabei immer die Ohren hübsch aufgesperrt, damit wir nichts verpassen. Aber egal, in welchen Gang wir laufen – wir finden rein gar nichts und niemanden. Nicht einmal eine kleine Maus, von Leonie oder den Einbrechern ganz zu schweigen.

Im Treppenhaus angekommen, laufen wir hoch in den ersten Stock.

»Zumindest die Tresorräuber müsste man langsam doch mal hören, wenn sie den Tresor aus der Wand stemmen«, seufzt Odette. »Und wenn Leonie ihnen gleich hinterhergelaufen ist, werden wir sie auch dort finden. Wo ist denn normalerweise der Tresor in einer Schule?«

»Also in ein *banco* iste Trresor oft im Kellerrr«, schlägt Francesco vor und macht einen auf Kater Wichtig.

Ich schnaube laut und vernehmlich. Schließlich bin ich die einzige Katze weit und breit, die schon einmal richtig zur Schule gegangen ist, da werde ich mir doch von diesem Italiener nicht erklären lassen, wo wir am besten nach dem Tresor suchen sollten! »Im Keller ist der hier ganz sicher nicht. Im Wilhelminen-Gymnasium war der Tresor im Zimmer der Direktorin, und so war es meiner Meinung nach in der Sophie-Scholl-Schule auch. Wenn wir hier das Direktorenzimmer finden, sind wir bestimmt auf der richtigen Spur.«

»Tja, Winston,« spottet Odette, »dann ist es ja nur noch eine Kleinigkeit. Wenn du also nunmehr die Güte hättest, uns zum Direktorenzimmer zu führen!«

Wenn Odette denkt, dass ich mich so leicht von ein wenig Kritik aus dem Konzept bringen lasse, hat sie sich geirrt. Ich recke mich, damit ich ein bisschen größer bin, und hebe den Kopf.

»Ich habe nie behauptet, dass ich genau weiß, wo das Zimmer ist. Ich habe lediglich einen Verdacht. Und ich bin mir ziemlich sicher, dass das Zimmer nicht im Keller ist. Warum sollte der Chef einer Schule – und genau das ist ja der Direktor – sein Büro in den Keller legen? Da kann er doch nicht mal aus dem Fenster gucken!«

Francescos Schwanz zuckt hin und her. »Ich weiße nichte. Vielleicht, damit er kann sich besser konzentrieren auf sein Arbeit?«

»Quatsch!«

»Wieso Quatsche? Iste gute Idee!«

»Nein, ist es nicht. Das ist eine total Schrottidee, du Westentaschentiger!«

»Was? Wie nennste du Francesco! *Io sono un vero detec-*

tive – ich bin ein richtiger Detektiv und nicht so eine arrogante Wohnungskater wie du!«

Bitte? Arroganter Wohnungskater? Jetzt platzt mir aber der Papierkragen! »Pass mal auf, du dahergelaufener Italo-Idiot! Wenn du denkst, du kannst hier auf dicke Hose machen, nur weil du …«

»Jungs!«, geht Odette dazwischen. »Hört doch auf! Wir müssen uns beeilen, für so eine schwachsinnige Streiterei ist nun wirklich keine Zeit!«

»Maunz! Ich streite mich nicht! Ich lasse mich nur nicht von diesem Windei belehren!«

»*Windei*? Was isse Windei? Du bist *idiota*!«

»Armleuchter!«

»Bastardo!«

»Volltrottel!«

»Cretino!«

»Leise!«, zischt Odette auf einmal so energisch, dass Francesco und ich wirklich mit einem Mal still sind. »Hört ihr das auch?«

Tatsächlich! Ein dumpfes Hämmern schallt durch das Treppenhaus. Sofort stehen alle meine Haare senkrecht, und zwar von der Schwanzspitze bis rauf zu den Ohren.

»Von wo kommt das?« Odette horcht angestrengt, und ich tue es ihr gleich.

»Ähm, ich, ähm, glaube … also, ich habe fast den Eindruck …« Nein, das kann doch nicht sein! Ich horche noch einmal genauer hin. In der Tat. Es ist eindeutig. Ich muss meine Schmach einräumen. »Ähem, das scheint aus dem Keller zu kommen.« Puh. Es ist raus. Das Geräusch dröhnt aus dem Keller. Bei meinem Kratzbaum, so eine Schande!

Francesco sagt zwar nichts, streicht sich aber mit einer wahnsinnig eingebildeten Tatzenbewegung an seinen Schnurrhaaren entlang. Oh Mann! Das ist heute wirklich nicht mein Tag!

Gott sei Dank sagt Odette nichts mehr zum Thema Keller, stattdessen läuft sie die Stufen hinunter, bleibt kurz auf dem Absatz des Erdgeschosses stehen und dreht sich zu Francesco und mir um. »Also, was ist jetzt, ihr Superhelden? Kommt ihr mit runter oder wollt ihr euch oben weiter streiten?«

Ohne uns gegenseitig eines Blickes zu würdigen, folgen Francesco und ich Odette auf ihrem Weg nach unten. Und tatsächlich, je näher wir dem Keller kommen, desto lauter wird das Hämmern.

Von der letzten Treppenstufe an laufen wir nicht mehr, sondern schleichen nur noch. Hier im Keller ist es ziemlich dunkel, aber das stört uns nicht weiter. Wie alle Katzen können wir in der Dunkelheit nämlich hervorragend sehen. Und so entdecken wir auch gleich Leonie, die neben einer Tür kauert, welche einen Spalt offen steht. Offenbar beobachtet das Mädchen gerade etwas sehr Interessantes, denn es bemerkt uns drei Katzen nicht. Mit geducktem Haupt krieche ich zu ihr und werfe ebenfalls einen Blick durch den Spalt.

Ha! Wahnsinn! Volltreffer! Ich werde verrückt! Dort stehen unsere drei Hauptverdächtigen und hämmern eine Wand auf! Das müssen wir unbedingt Kira, Tom und Pauli sagen! Vorsichtig schleiche ich zurück, vorbei an Odette und Francesco. »Los«, maunze ich ihnen leise zu, »wir müssen unsere Kinder holen. Das müssen sie unbedingt sehen!«

Keine zwei Minuten später sind wir wieder in der Vorhalle angelangt und mit einem Riesensatz springe ich in Toms Arme. Kira klatscht in die Hände.

»Super! Sie haben Leonie UND die Einbrecher gefunden! Dann mal nichts wie hinterher!«

Ich mache eine Kehrtwendung und laufe gemeinsam mit Odette und Francesco wieder in den Keller, die Kinder sind uns dicht auf den Pfoten.

»Mann, ist das hier dunkel!«, flüstert Pauli.

»Jetzt mach bloß kein Licht an, dann merken die Verbrecher das bestimmt sofort«, warnt Kira. »Konzentrier dich einfach auf Odette, ich finde, die kann man noch einigermaßen sehen.«

Kurz bevor wir bei Leonie ankommen, werde ich langsamer. Die Zicke kniet immer noch an der Tür und beobachtet die Tresorknacker. Sie ist davon offenbar so gefesselt, dass sie ihre Klassenkameraden überhaupt nicht bemerkt. Tom kommt noch ein Stück näher und späht auch durch den Spalt.

»Ich wusste es!«, flüstert er. »Die Tresorräuberbande! Kira, Pauli, geht nach oben, ich sage Leonie Bescheid, dass sie hier sofort ihren Posten räumen soll.« Kira und Pauli nicken und wenden sich zum Gehen. Tom macht einen Schritt nach vorn und tippt Leonie auf die Schulter. Das war vielleicht nicht die beste Idee, die er jemals hatte. Denn in diesem Moment schreit Leonie vor Schreck auf, springt mit einem Satz wieder auf die Füße – und dabei genau auf Francescos Schwanz. Der stürzt mit einem lauten Fauchen nach vorne und damit genau in den Raum, in dem die Verbrecher gerade die Wand aufstemmen.

Mit einem Ruck fahren die Männer herum und starren uns an. Tom zögert kurz, dann schlägt er die Tür zu und dreht den Schlüssel um, der noch von außen auf dem Schloss steckt.

»Los!«, schreit er die Mädchen an, »ruft die Polizei an, bevor hier noch mehr schiefgeht.«

Aus ihrer Schreckstarre erwacht, zieht Kira mit zitternden Händen ihr Telefon aus der Tasche und tippt eine Nummer ein.

»Hallo, ist da die Polizei? Hier spricht Kira Kovalenko. Bitte kommen Sie schnell! Wir stehen hier im Keller der Gutenberg-Schule in der Sabinenstraße und haben gerade die Tresorjägerbande erwischt und eingesperrt!«

In diesem Moment bollert es kräftig gegen die Tür und ich habe wirklich Angst, dass die Verbrecher diese gleich eintreten werden.

»Hey, lasst uns auf der Stelle hier raus!«, klingt es dumpf von der anderen Seite. »Hört ihr? Macht *sofort* auf! Wir haben bereits die Polizei gerufen. Die sind schon unterwegs und ihr werdet gleich den Ärger eures Lebens bekommen.

Also, macht es nicht noch schlimmer und schließt endlich wieder auf! Sonst nehmen euch die Bullen gleich mit!«

Bitte? Die Verbrecher haben auch die Polizei angerufen? Machen Verbrecher denn so etwas? Mit einem Mal bekomme ich ein ganz schlechtes Gefühl und meine Schwanzspitze beginnt, wie verrückt zu jucken. Irgendetwas läuft hier gerade gewaltig schief!

Von Hobby-Polizisten, Handwerkern und dem Weltfrieden.

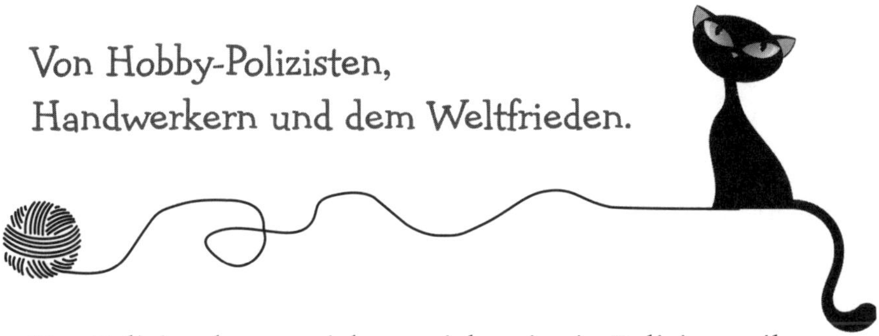

Der Polizist, der gar nicht aussieht wie ein Polizist, weil er keine Uniform trägt, kratzt sich am Hinterkopf. »Ich glaube, den Teil mit dem Täterprofil habe ich noch nicht ganz verstanden: Du hast eine Liste mit allen Schulkantinen erstellt und warst dir deswegen sicher, dass die Bande heute in der Gutenberg-Schule einsteigt?«

Tom nickt. Er sitzt zusammen mit Kira, Pauli und Leonie in einem Zimmer der Polizeiwache, auf die uns die Polizeibeamten mitgenommen haben, nachdem sie kurz nach unserem Notruf drei unschuldige Handwerker aus dem Heizungskeller der Gutenberg-Schule befreit hatten. Hier werden die Kinder von Herrn Bange befragt, der sogar bei der *Kriminalpolizei* ist, was ziemlich spannend klingt. Scheint eine besondere Sorte Polizist zu sein. Eben einer ohne Uniform.

Ich liege zusammengerollt auf Kiras Schoß und bin gerade äußerst froh, kein Mensch zu sein. Denn sonst hätte ich mir weite Teile der Standpauke, die meinen armen zweibeinigen Freunden schon gehalten wurde, auf Augenhöhe anhören müssen. Sozusagen von Angesicht zu Angesicht. Kein schöner Gedanke! Odette und Francesco kauern zu Toms Füßen und haben nicht mal hochgeguckt, als es zwischendurch sehr laut wurde. Schätze mal, die hatten auch keine große Lust auf Ärger.

»Ja, also, die ersten vier Schulen auf der Liste sind gleichzeitig die größten Schulen, bei denen man in der Kantine bar zahlen kann,« erklärt Tom. »Sie wurden bisher in genau der Reihenfolge ihrer Größe überfallen. Und zwar immer am Donnerstag. Die Gutenberg-Schule ist Nummer fünf auf der Liste. Deswegen haben wir uns heute auf die Lauer gelegt und …«

»Und habt drei völlig harmlose Klempner, die einen Schaden in der Wasserleitung ausbessern wollten, im Keller eingesperrt und zu Tode erschreckt«, unterbricht ihn Herr Bange. »Junger Mann, das ist genau der Grund, warum sich Amateure aus polizeilichen Ermittlungen heraushalten sollen: Weil sie es nämlich nicht können.«

»Ja, okay, das war jetzt Pech«, verteidigt Pauli Tom. »Aber von außen sah es wirklich so aus, als wollten die Typen etwas aus der Wand brechen. Konnten wir ja nicht ahnen, dass sie gerade auf der Suche nach einem Leck im Wasserrohr waren.«

Herr Bange seufzt, sagt aber nichts.

Stattdessen meldet sich Kira zu Wort. »Gucken Sie sich die Liste doch mal richtig an. Dann sehen Sie, dass Tom recht hat.«

Bange schüttelt den Kopf. »Mein Fräulein, dafür muss

ich gar nicht auf die Liste schauen. Denn die letzte Schule, die überfallen wurde, ist das Wilhelminen-Gymnasium, das mit Sicherheit nicht zu den zehn größten Schulen Hamburgs zählt. An einem Dienstag. Was sagt ihr denn dazu? Das hätte nach der Theorie eures Freundes ja gar nicht passieren dürfen.«

Stimmt. Das ist mir auch schon aufgefallen. Pauli und Kira schauen sich an und zucken mit den Schultern.

Statt ihrer antwortet Tom. »Vielleicht war der Einbruch im Wilhelminen ja irgendwie außerplanmäßig. Vielleicht, weil die Gelegenheit besonders gut war oder so. Ich weiß es auch nicht. Meine Theorie ist auf alle Fälle trotzdem gut.«

»Ich wiederhole es noch einmal: Bitte keine Hobby-Polizeieinsätze mehr. Ihr könnt euch sicher sein, dass die Soko Schule die Sache völlig im Griff hat.«

Wer? Ich versteh kein Wort. »Wenn ihr also das nächste Mal einen neuen Ermittlungsansatz habt: Hier ist meine Visitenkarte. Da steht auch meine Telefonnummer drauf, ruft mich also gern an, wenn ihr eine neue Idee habt, wie wir die Täter fangen können. Aber versucht es bitte nicht selbst!«

Schweigen aufseiten der Kinder.

Bange seufzt. »Habt ihr mich verstanden? Keine Alleingänge mehr! Ruft mich an, wenn ihr etwas Wichtiges zu sagen habt! *Capito?*«

Tom, Kira und Pauli nicken, sagen aber nichts.

Bange schüttelt unmerklich den Kopf. »Und jetzt könnt

ihr draußen auf dem Flur warten, bis eure Eltern euch abholen. Die haben wir mittlerweile alle erreicht. Ist bestimmt eine gute Idee, wenn ihr euch auch bei denen für den Unsinn entschuldigt.

Auf dem Flur macht Tom seinem Ärger Luft. »*Hobby-Polizei*? Die spinnen doch! Und die Soko Schule hat die Sache im Griff? Na, das wüsste ich aber! Dann hätten sie die Bande doch längst geschnappt! Nix haben die! Und schon gar nicht irgendwas im Griff! Wenn der glaubt, dass ich ihn anrufe, wenn ich weiß, wie wir die Bande kriegen, hat der sich aber geschnitten!«

»Äh«, räuspert sich Leonie, »was ist denn überhaupt eine Soko?«

Tom antwortet nicht, sondern starrt sie nur düster an. Schätze mal, der ist richtig sauer auf sie. Kein Wunder. Wenn sie nicht einfach in die Schule gerannt wäre, wäre das alles nicht passiert. Dann hätten wir gesehen, dass die Typen *ohne* Tresor unterm Arm die Schule wieder verlassen, und hätten gewusst, dass das gar keine Verbrecher sind.

»Soko ist die Abkürzung für Sonderkommission, also eine extra für diesen Fall gegründete Gruppe bei der Polizei«, erklärt Pauli.

Wow! Woher weiß die denn so was?

»Ach so«, murmelt Leonie, die mittlerweile nicht mehr

halb so selbstsicher wie sonst wirkt. Sie wendet sich zum Gehen und will gerade davonschleichen, als sich ihr Kira in den Weg stellt.

»So, jetzt habe ich aber auch noch mal eine Frage: Was war das in der Schule eigentlich für eine absolut beknackte Aktion von dir? Du hast es voll gerissen! Nur wegen dir haben wir jetzt den ganzen Ärger und uns zu Volldeppen gemacht!«

»Ich … äh … ich muss gehen.« Leonie versucht sich an Kira vorbeizudrängeln, da packt Tom sie am Arm.

»Ey, hörst du schlecht?«

Leonie reißt sich los und scheint zu überlegen, ob sie einfach rennen soll, aber mittlerweile steht auch Pauli direkt vor ihr. Sie lässt die Schultern hängen und holt tief Luft.

»Ich dachte, ich hätte einen der Einbrecher erkannt. Und dann wollte ich sehen, ob das stimmt. Tut es aber nicht. Und es waren ja auch gar keine Einbrecher.«

Tom zieht die Augenbrauen hoch und mustert Leonie. »Aha. Und warum hast du dann nichts gesagt? Anstatt allein loszurennen?«

»Ich war mir eben nicht sicher. Deswegen wollte ich noch mal genauer gucken. So aus der Nähe halt. Ich dachte, ich kann euch helfen, wenn ich den Namen von einem der Kerle wüsste. Tut mir leid, dass das alles so schiefgegangen ist.«

Okay. Für meine Katerohren klingt die Entschuldigung ernst gemeint. Immerhin etwas.

Tom guckt erst unschlüssig, dann seufzt er. »Na gut. Entschuldigung akzeptiert.«

Leonie reicht ihm die Hand, er schüttelt sie. Ein großer Schritt für den Weltfrieden! Verstohlen schaue ich zu Odette und Francesco. Ich finde den Italo-Kater zwar immer noch blöd, aber gegen ein bisschen Frieden hätte ich auch nichts einzuwenden. Im Grunde meines Herzens habe ich es eben doch lieber nett und harmonisch. Aber nun den ersten Schritt machen? Nö. Francesco könnte sich ruhig auch entschuldigen. Schließlich war er gar nicht eingeplant, und dann hat er durch seinen Sprint in den Heizungskeller die Handwerker wild gemacht. Ja, nicht ganz absichtlich, ich gebe es zu. Aber trotzdem! Ich, Winston Churchill, erwarte eine Entschuldigung!

Beate und die lieben Kleinen. Oder: In schlechter Gesellschaft.

Auf manche Dinge kann man so lange warten, bis man schwarz wird. Was in meinem Fall schwierig ist, da ich schon schwarz *bin*. Ob meine Fellfarbe nun aber der Grund dafür ist, dass sich Francesco nicht bei mir entschuldigt, wage ich jedoch zu bezweifeln. Wahrscheinlich ist er einfach stur. Und besserwisserisch. Ist mir aber genau so wurscht wie eine leere Dose Ölsardinen. Was mich hingegen richtig fuchst: Auch Odette redet eigentlich nicht mehr richtig mit mir. Warum nicht, ist mir allerdings schleierhaft.

Schon zweimal habe ich seit unserem Abenteuer in der Gutenberg-Schule unserem Innenhof einen Besuch abgestattet, aber der Einzige, der sich wirklich mit mir abgegeben hat, war Spike. Odette hat immer nur kurz gegrüßt, dann war sie schon wieder weg, und ich konnte einmal sogar beobachten, dass sie zum Nachbarhaus rübergehuscht ist, wo Francesco schon auf sie wartete. Es ist zum Schnurrhaareausreißen! Dabei lief es gerade so gut mit Odette – und nun dieser Rückschlag!

Vielleicht muss ich mich mal rar machen? Damit Odette erkennen kann, wie sehr sie mich vermisst? So nach dem Motto: *Willste gelten, mach dir selten?* Ich beschließe, es mit dieser Taktik zu versuchen und mehr Zeit auf dem Sofa als im Innenhof zu verbringen.

Leider zeigt sich schnell, dass auch dieser Plan nicht so leicht umzusetzen ist. Denn pünktlich zum Wochenende bricht eine unglaubliche Hektik im Hause Hagedorn aus, die es nahezu unmöglich macht, ein ruhiges Nickerchen auf dem Sofa zu halten. Na gut, es ist nicht nur die Hektik: Vor allem sind es Anna und Babuschka, die sich offenbar dazu verschworen haben, mich vom Sofa zu vertreiben.

Heute Morgen haben sie das Sofa gründlich gesaugt und sogar schampuniert, seitdem werden die beiden sehr böse, wenn ich nur in seine Nähe komme. In die Schlafzimmer darf ich auch nicht mehr laufen, ich werde tatsächlich nur noch in der Küche und im Flur geduldet. Was für eine Unverschämtheit! Ich fühle mich in meinem natürlichen Lebensraum eingeschränkt. Ich sollte den Tierschutzbund informieren! Und das alles nur, weil Besuch ansteht – wie ich schon befürchtet hatte, will Werners Bruder mitsamt seiner schrecklichen Sippe zu uns nach Hamburg kommen. Nun soll die Wohnung offenbar auf Vordermann gebracht werden, sodass man nötigenfalls vom Fußboden essen könnte. Obwohl das natürlich völliger Quatsch ist, denn dafür haben die Menschen schließlich Teller!

Wo wir gerade beim Thema sind: Als ich Trost und Zuspruch in meinem Fressnapf suche, finde ich dort – richtig! – Dosenfutter. DOSENFUTTER!!! Hallo? Was soll das denn? Sofort renne ich zu Anna und werfe mich ihr, anklagend und wehleidig zugleich maunzend, vor die Füße.

»Winston! Was ist denn in dich gefahren? Für so etwas habe ich jetzt wirklich keine Zeit. Los, steh auf und leg dich auf dein Kissen.«

Besonders mitfühlend klingt das nicht. Aber so schnell gebe ich nicht auf. Wenn es um die Verpflegung geht, hört der Spaß bei mir eindeutig auf. Ich schlage also mit meinen Tatzen nach Annas Hosenbein, erwische den Saum und kralle mich dort fest. Wie eine Klette klebe ich nun an ihr, und als sie gehen will, schleift sie mich hinter sich her.

»Du böser, böser Kater! Ich bin so im Stress! Gleich kommt unser Besuch, und ich muss die Zimmer noch mit Blumen dekorieren. Dem Herrn Professor ist es wichtig, dass alles einen sehr guten Eindruck macht, das hat er mir extra gesagt! Wenn du also schon nicht helfen kannst, dann halte mich wenigstens nicht von der Arbeit ab.«

Das soll wohl ein Witz sein! Natürlich kann ich nicht helfen. Wie denn auch? Soll ich mich etwa um die Blumen kümmern? Ich könnte sie höchstens ordentlich zerrupfen, aber das ist wohl kaum erwünscht. Trotzdem, ich bleibe dabei: Ich will etwas Vernünftiges in meinen Napf und nicht dieses furchtbare braune Zeug! Ich lasse das Hosenbein also nicht los und maunze weiter vor mich hin.

Anna flucht leise. »Mamuschka! Kannst du bitte mal kommen?«

Aha. Verstärkung wird angefordert. Na, von mir aus. Wenn ich mich vertreiben lasse, dann nur mit roher Gewalt.

Babuschka kommt angelaufen, in den Händen etwas, das wie eine lange Stange mit Federn oben dran aussieht. Was will sie denn damit?

»*Chto takoje?* «

»Winston hat sich in meinem Hosenbein verkrallt und ich bekomme ihn nicht los. Kannst du mir kurz helfen, ihn wegzunehmen?«

»Was hat Katerrr?«

Anna zuckt mit den Schultern. »Keine Ahnung. Irgendetwas passt ihm anscheinend nicht.«

Schäm dich, Anna! Wenn du nicht von allein darauf kommst, hast du von Katzen im Allgemeinen und mir im Besonderen wirklich keine Ahnung.

Babuschka bückt sich zu mir herunter und ich schließe vorsichtshalber schon mal die Augen, weil ich befürchte, gleich sehr ausgeschimpft zu werden. Aber, oh Wunder: Stattdessen streicht sie mir sanft über den Kopf und murmelt: *»Milaja, chto sluchjilos? Svarit tjebje cheva njibud vkusnjenkava?«*

Dank meiner Russischkenntnisse weiß ich sofort, was sie vorgeschlagen hat – sie will mir etwas Leckeres kochen. Ein Spitzenplan! Sofort lasse ich Annas Hose los. Babuschka ist einfach die Beste!

Anna passt das allerdings überhaupt nicht. »Mamuschka! Du wolltest mir doch helfen! Stattdessen willst du

Winston jetzt noch eine Extrawurst braten? Wir haben für so etwas keine Zeit, und deswegen muss der Herr heute mal mit Dosenfutter vorlieb nehmen!«

Na ja, von Wurst war doch gar nicht die Rede. Ich persönlich bin auch mit einer Geflügelleber zufrieden. Hauptsache, kein Dosenfutter.

»Anna, helfe ich dir schon die ganze Zeit. Alles ist bestens hier! Keine Problem. Warum also du bist so nervös? Glaube ich langsam, dass du selbst willst gutä Eindrrruck machen auf Familie von Professorrr.« Sie lacht ein meckerndes Lachen. Und Anna? Schlägt die Augen nieder und sagt nichts mehr. Komisch. Aber unwichtig. Ab in die Küche!

»Wirklich, Werner! Du wirst immer wunderlicher, je länger du alleine lebst. Eben typisch Junggeselle.« Werners Schwägerin Beate hat vor ungefähr einer Stunde angefangen zu reden. Und seitdem nicht eine einzige Pause gemacht. Wie hält ihr armer Mann das bloß aus? Ich jedenfalls habe schon Schwindelgefühle.

»Liebste Beate«, erwidert Werner, immer noch sehr freundlich, »du bist schlecht informiert. Ich lebe schon seit einiger Zeit nicht mehr allein. Anna und Kira wohnen bei mir, zurzeit auch noch ihre Mutter Dimitra.«

Beate lacht und zeigt dabei eine Reihe sehr weißer, sehr großer Zähne. Dazu schüttelt sie den Kopf hin und her, wobei sich ihre kinnlangen, glatten Haare merkwürdigerweise kein Stück bewegen. Im Gegenteil – ihre Frisur sieht aus wie in Stein gemeißelt. »Ich bitte dich, Werner! Du redest von deiner Putzhilfe! Ich meinte natürlich eine richtige Frau.«

»Beate!«, mischt sich jetzt Werners Bruder Roland ein. »Soweit ich das beurteilen kann, ist Anna durchaus eine richtige Frau.«

Beate verdreht die Augen. »Roland, was verstehst du schon von richtigen Frauen! Werner weiß bestimmt, was ich meine.«

Der Angesprochene schüttelt den Kopf. »Tut mir leid, Beate. Was meinst du denn?«

»Na, ich meine natürlich eine Lebensgefährtin. Eine Partnerin. Jemand, der mal mit liebevoller, aber strenger Hand ein wenig Ordnung in dein Leben bringt. Dafür ist eine Putzfrau wohl kaum die Richtige.«

Miauauooo – mir ist nicht ganz klar, was das bedeuten soll, aber es klingt wie eine Drohung. Ich glaube, genau so etwas wollen wir nicht!

Werner lacht. »Liebe Beate, es ehrt dich, dass du dir immer Sorgen um mich machst. Aber sei versichert, mein Leben gefällt mir ausgezeichnet. Anna ist im Übrigen keine Putzfrau, sondern meine Haushälterin und erledigt ihren Job ganz wunderbar. Mir fehlt es an nichts.«

»Das, Werner, glaube ich dir nicht. Wer war zum Beispiel diese ominöse Begleitung, die du eigentlich zu unserem Sommerfest mitbringen wolltest?«

»Niemand, den du kennst«, antwortet Werner knapp. Ich bin mir sicher, das ist gelogen. Denn bestimmt wollte Werner eigentlich unsere Anna mitbringen und hat sich nur von Vadim abschrecken lassen. Anna wiederum kennt Beate doch. Aber aus irgendeinem Grund scheint Werner das nicht erzählen zu wollen.

»Ich sehe schon, du wirst dein Leben als wunderlicher Single beschließen. Dabei weißt du gar nicht, was du alles verpasst. Denk nur an ein Kinderlachen, das durch diese Wohnung hallen könnte.«

»Es gibt Kinderlachen in dieser Wohnung, denn hier lebt ja schließlich ein Kind!« Mittlerweile klingt Werner schon nicht mehr ganz so freundlich.

»Eigene Kinder, Werner, sind etwas ganz anderes. Sie sind ein Quell unermesslicher Freude, das pure Glück.«

Kinder, das pure Glück? Das wage ich sehr stark zu bezweifeln. Vor allem, wenn sie noch so klein sind wie die Bälger von Roland und Beate. Bei Kira ist das ja schon etwas ganz anderes, ich kenne keinen besseren Menschen als mein Mädchen! Aber die Zwillinge und der andere kleine Rotzlöffel? Nein danke! Die sind laut und ärgern Katzen, weil sie uns ganz offensichtlich mit Spielzeug verwechseln.

Wobei mir gerade auffällt, dass es momentan sehr ruhig in der Wohnung ist, abgesehen von der dauerplappernden Beate. Wo stecken denn bloß die Kinder? Ich beschließe, mich auf die Suche nach ihnen zu machen. Nicht, dass die noch meinen Fressnapf plündern, in dem ich mir extra einen Königshappen von der leckeren Leber übrig gelassen habe. Ich stromere aus dem Wohnzimmer und mache mich auf die Suche.

Nein, in der Küche sind sie nicht. In Kiras Zimmer auch nicht, dort liegt nur Kira auf dem Bett und liest. Einen Moment lang bin ich versucht, mich neben sie zu lümmeln und ein Nickerchen zu machen, aber mein Gefühl sagt mir, dass ich lieber nach den Gören schauen sollte. Ich laufe also weiter, vorbei an dem Bügelzimmer, in dem sich Anna immer um die Wäsche kümmert, vorbei am Schlafzimmer von Anna und dem Gästezimmer von Babuschka. Keine Kinder. Wo stecken die bloß?

Hinter der Badezimmertür rumpelt es verdächtig. Ich schiebe meinen Kopf vorsichtig durch die Tür und drücke sie auf. Und tatsächlich: Hier stehen, umnebelt von einer Wolke von Babuschkas Parfum, die drei kleinen Stepkes. Offenbar haben sie auch Babuschkas Make-up entdeckt. Sie sehen nämlich im Gesicht so angemalt aus, als hätten sie sämtliche Farben des Schminkkastens ausprobiert und sich den Lippenstift nicht nur auf den Mund, sondern auf große Teile ihres Gesichts aufgetragen. Alle drei Kinder erinnern mich sehr stark an einen Film, der von einer Veranstaltung namens Zirkus handelte und in der Menschen herumsprangen, die genau so angemalt und überhaupt sehr trottelig waren. Lustig, lustig! Wenn ich lachen könnte, würde ich es tun. So bleibt mir nur, mich auf den Badezimmervorleger zu setzen und den dreien beim weiteren Anmalen zuzusehen.

Nur eine Minute später dämmert mir, dass das überhaupt keine gute Idee war: Eines der beiden kleinen Mädchen hat mich entdeckt. Nun zeigt es auf mich und ruft seinen Geschwistern zu. »Da! Liebe Katze! Auch anmalen Katze!«

Äh, Moment mal, ihr wollt doch nicht etwa …? Ich drehe mich um und will aus dem Badezimmer flüchten – da schlägt eines der Mädchen blitzschnell die Tür zu.

Heiliges Katzenklo! Zu HILFE! Ich bin gefangen mit drei Verrückten!

Jede Menge Haarspray und Champagner.

Stimmen dringen an mein Ohr. Erst sehr verschwommen und leise, dann immer lauter.

»Guck mal, Mama, der Kater bewegt sich wieder.« Der Junge. Erleichtert. Dann, nach einem kurzen Augenblick, etwas bockig: »Hab ich doch gleich gesagt: Der ist gar nicht tot.« Das andere. Etwas bockig.

»Aber Kinder, trotzdem: Ihr sprüht nie wieder ein Tier mit Haarspray ein, hab ich mich da klar ausgedrückt? Das ist sehr, sehr ungesund!« Roland, energisch.

»Aber Mama auch immer Haarspray!« Eines der beiden Zwillingsmädchen. Empört.

Ich schlage vorsichtig die Augen auf, was nicht ganz einfach ist, weil mein Fell aus irgendeinem Grund zusammenklebt. Dann rapple ich mich etwas hoch und muss würgen. Bei meinem Kratzbaum – mir ist schlecht! Und wie! Zudem noch schummrig. Gut, dass ich auf dem Sofa liege, stehen könnte ich jetzt nicht ohne Weiteres. Allerdings habe ich nicht die leiseste Ahnung, wie ich hierhergekommen bin. Eigentlich habe ich doch Sofa-Verbot!

Jetzt habe ich die Augen geöffnet und kann mich umschauen. Um das Sofa herum stehen: Werner, Roland, Beate, die Zwillinge, der kleine Junge, Anna, Babuschka und Kira. Kira hat auch ganz dicke Augen, und als ich genauer hinsehe, bemerke ich, dass sie wohl geweint haben muss. Ich drehe den Kopf in ihre Richtung, und sofort stürzt sie sich auf mich und beginnt, mich zu streicheln.

»Mein armer Winston! Was bin ich froh, dass du wieder wach bist! Ich habe mir solche Sorgen um dich gemacht!«

Sorgen? Um mich?

Werner räuspert sich. »Ich denke, ich fahre mit Winston jetzt zur Sprechstunde vom tierärztlichen Notdienst. Er war noch nie bewusstlos, ich möchte sichergehen, dass mit ihm alles in Ordnung ist.«

Bei den Worten *tierärztlicher Notdienst* springe ich spontan auf alle viere und schüttle mich. Jetzt bitte nicht auch noch zum Tierarzt! Das Impfen neulich war doch schon schlimm genug!

Beate mustert mich eindringlich. »Meinst du wirklich, das muss sein? Er sieht doch wieder ganz munter aus. Ich glaube, du übertreibst ein bisschen. Soo schlimm war es doch nun auch wieder nicht.«

»Beate, mit Verlaub: Du spinnst wohl! Eure liebreizenden Kinder, dieser Quell eurer Freude, haben meinen armen Kater am Kopf ein Make-up mit Nivea-Creme und Lippenstift verpasst, ihm die Pfoten mit Nagellack angemalt und ihn dann so mit Haarspray eingenebelt, dass er irgendwann umgekippt ist. Es spricht für Winstons enorme Gutmütigkeit, dass er sich nicht rabiat zur Wehr gesetzt hat.«

Moment mal! Jetzt fällt es mir auch wieder ein. Ich konnte mich gar nicht zur Wehr setzen! Es war noch viel schlimmer!

Der kleine Junge guckt sehr schuldbewusst, zögert etwas und rückt dann mit der ganzen, grausigen Wahrheit raus. »Also, gezappelt hat die Miezekatze zuerst schon. Aber dann haben wir sie in den rosa Bademantel gesteckt und einmal die Ärmel drumgewickelt und mit dem Gürtel zugebunden. Hab ich mal im Fernsehen gesehen: So macht man das auch bei Verrückten. Dann müssen die nämlich stillhalten. Hat die Katze dann auch gemacht. Also stillgehalten. Da ging das mit dem Anmalen gleich viel besser. Das viele Haarspray haben wir dann genommen, damit das auch alles gut hält. Habe ich bei Mama schon ganz oft gesehen. Und dann das Parfüm. Weil das Haarspray doch nicht so gut riecht. Na ja, und dann hat die Katze wieder gezappelt und dann haben wir den Gürtel noch ein bisschen fester gezogen … äh … und dann war sie auf einmal ganz schlapp und lag nur noch so auf dem Teppich rum.«

Kira fängt an zu schluchzen.

Werner reißt die Augen auf. »Ihr kleinen Rotzgören habt was? Den armen Winston gefesselt und geknebelt? Bis er bewusstlos war? Soll ich das mal mit euch machen?« Mittlerweile brüllt Werner regelrecht und mein Kopf beginnt zu brummen.

Beate schnappt nach Luft. »Werner, schrei meine Kinder nicht an!«

»Das sind keine Kinder, das sind Terroristen! Die wussten ganz genau, was sie taten. Sonst hätten sie den armen Winston doch nicht wieder ausgepackt, als er ohnmächtig wurde, bevor sie uns gerufen haben – die wussten genau, was sie da verbockt haben!«

»Also bitte! Ich glaube nicht, dass sie ihm die Luft abgedrückt haben. Der ist bestimmt auch von diesem grauenhaften Parfüm bewusstlos geworden,« verteidigt Beate ihre Kinder und schiebt energisch das Kinn vor. »Das stinkt ja auch wirklich ganz widerlich aufdringlich!«

Maunz! Mit dieser Bemerkung ruft sie natürlich Babuschka auf den Plan. Die springt prompt einen Schritt nach vorn und fuchtelt mit dem Zeigefinger vor Beates Nase herum. Mir wird wieder schwindelig. Ich schließe die Augen.

»Biitte, wie meinen Sie? Widerlich? Ist *Opium* von Yves Saint Laurent! Ist sehr elegant und teuer!«

»Ja? Ich finde, es riecht sehr, sehr billig«, giftet Beate zurück.

Babuschka schnaubt. »Wenn deutsche Kinder auch nur ein bisschen errrzogen von ihre Eltern, das wäre alles nicht passiert! *Bjednji kotjik! Bjednji kotjik!* Armer Katerrr! Schlecht erzogenen Kinder sind ein echter Graus furrr alle!«

»Werner! Muss ich mich jetzt schon von der Mutter deiner Putzfrau beleidigen lassen? Schlimm genug, dass du diese gewöhnlichen Leute hier wohnen lässt, jetzt nutzen sie deine Gutmütigkeit auch noch aus und gehen deine Familie an«, faucht Beate los. »Roland! Sag du doch auch endlich mal was!«

»Ja, äh, Schatz, also, äh …«

Weiter kommt er nicht, denn Babuschka ist nun so wütend, dass sie alle damenhafte Zurückhaltung fallen lässt. »Puutzfrau? Mutter von Puutzfrau? Wer? Ich? Gewohnlich? Ich bin Dimitria Kovalenko, international sehrr bekannte Pianistin. Und meine Tochter Anna ist Diplom-Pädagogin, hat studiert an berühmte Konservatorium von Omsk. Und wenn wir hier nicht gewunscht, dann gehen wir. Aber sofort! Komm, Anna!«

Anna schüttelt sich kurz, ganz so, als könne sie nicht glauben, was hier gerade passiert. »Aber Mamuschka, das ist doch alles ein furchtbares Missverständnis. Wir sollten uns alle wieder beruhigen. Winston geht es wieder gut, die Kinder wollten sich bestimmt gerade entschuldigen und äh …«

»Ha! Entschuldigen? Habe ich noch nicht gehört Entschuldigung!«

»Stimmt. Ich auch noch nicht«, erklärt Werner. »Aber vor allem erwarte ich eine Entschuldigung von Beate für ihre absolut unpassende Bemerkung. Im Gegensatz zu meinen Nichten und meinem Neffen ist sie immerhin eine erwachsene Frau. Also?«

Beate starrt ihn an, ihr Mund steht offen.

»Beate? Ich warte. Du hast hier eben zwei Menschen beleidigt, die mir sehr am Herzen liegen, und ich erwarte eine Entschuldigung.«

Immer noch Sprachlosigkeit. Aber nur noch einen kurzen Moment. Dann hat sich Beate wieder gefangen.

»Bitte? Ich mich entschuldigen? Mir reicht es jetzt. Roland, wenn jemand geht, dann sind wir es. Wir sind ja hier offensichtlich nicht willkommen.«

Ohne ein weiteres Wort von einem der anderen abzuwarten, schnappt sie sich ihre Handtasche, greift die Hand ihres Sohnes und stürmt aus dem Zimmer. Die Mädchen stolpern schweigend hinter den beiden her. Kurz darauf wird die Wohnungstür zugeknallt.

Roland seufzt tief. »Ach zu Sch… ! Werner, das tut mir so leid! Ich weiß nicht, wie das alles passieren konnte. Ich … äh … bestimmt beruhigt sich Beate wieder, und dann rede ich noch mal in Ruhe mit ihr, äh … aber jetzt muss ich erst mal, also …«

Werner schüttelt den Kopf. »Nee, schon gut, Roland. Geh ruhig hinterher. Wir kommen hier schon klar.«

Roland klopft ihm auf die Schulter, dann geht auch er.

Als die Wohnungstür hinter ihm ins Schloss fällt, bricht Werner auf einmal in schallendes Gelächter aus.

Anna, Babuschka und Kira starren ihn an.

»Herr Professor? Alles in Ordnung?«, fragt Anna besorgt. »Mir tut das alles so leid! Und es ist mir wahnsinnig unangenehm. Aber meine Mutter ist eben sehr temperamentvoll.«

Er nickt und lacht weiter. Als er sich beruhigt hat, holt

er tief Luft. »Machen Sie sich keine Gedanken, Anna, es ist wirklich alles bestens. Es ist schon so, wie ich eben zu meiner Schwägerin gesagt habe: Kira, Babuschka und auch Sie – Sie liegen mir alle am Herzen. Und ich bin froh, dass Sie hier wohnen. Ganz ehrlich. Und das lasse ich mir von der blöden Beate bestimmt nicht miesmachen.«

Anna schaut verlegen zu Boden. Ich wette, dass sie gerade rot wird. Dann blickt sie Werner schüchtern an. »Ich … ich bin auch froh, dass wir hier sind.«

Mir wird bei diesen Worten ganz warm um mein kleines Katerherz, und auch Werner strahlt. »Jetzt habe ich eine Spitzenidee! Ich hatte vorhin eine schöne Flasche Champagner kaltgestellt. Ich würde sagen: Zur Feier des Tages köpfen wir die jetzt! Oder müssen wir erst noch zum Tierarzt mit dir, Winston?«

Auf keinen Fall! Zum Beweis meiner wiederhergestellten Gesundheit springe ich schnell vom Sofa und drehe mich einmal um die eigene Achse.

Werner lacht. »Na gut. Dann kein Tierarzt, sondern gleich feiern.

»Und was ist Grund fur Feier?« Babuschka klingt erstaunt.

»Ganz einfach. Erstens, dass wir gerade den kürzesten Verwandtschaftsbesuch der Welt hinter uns gebracht haben. Und zweitens: dass wir uns kennengelernt haben.«

Werner hat recht. Das ist wirklich ein guter Grund zu feiern. Zufrieden lege ich mich wieder auf das Sofa, während Anna Sektgläser holt und Werner die Flasche öffnet.

Kira bekommt einen Schuss Apfelschorle in ihr Glas, sieht fast genauso aus wie Champagner.

Für einen kurzen Augenblick werde ich ein bisschen wehmütig, als ich beobachte, wie gut sich meine Menschen und besonders Werner und Anna verstehen. Ich wünschte, Odette und ich hätten uns auch wieder vertragen! Aber dann freue ich mich einfach für meinen Werner. So hatte ich mir das schließlich erhofft. Ich werde die Tage einfach noch mal im Innenhof vorbeischauen. Irgendein guter Vorwand wird mir schon einfallen …

Verschwundenes taucht wieder auf. Und nicht jede Idee ist auch ein guter Plan.

»Sie sind wieder da? Ganz sicher?« Kira ist ganz aufgeregt, als ihr Tom die Neuigkeiten verkündet. Die beiden haben sich wieder in der Eisdiele getroffen, weil Tom Kira wegen der verlorenen Wette noch ein Spaghettieis schuldet. Ich bin mitgestromert, weil ich gehofft hatte, draußen auf Odette zu treffen. Bisher allerdings Fehlanzeige. Dafür hat Tom *die* Sensationsmeldung.

»Ganz sicher. Als der Hausmeister heute Morgen die Eingangshalle aufgeschlossen hat, lag dort schon eine große Plastiktüte. Er dachte erst, das sei Müll, und wollte die Tüte schon in den Container schmeißen – aber dann hat er Gott sei Dank noch einen Blick reingeworfen.«

»Und es waren wirklich alle Mathe-Klausuren drin?«

Tom nickt.

»Ja, alle.«

»Komisch, dass sich das nicht sofort in der ganzen Schule rumgesprochen hat«, wundert sich Kira. »Ich hatte bis eben noch nichts davon gehört.«

»Na ja, die Direx hat es zwar den betroffenen Schülern

mitgeteilt, um sie zu beruhigen. Aber die durften es nicht weitererzählen. So von wegen Ermittlungstaktik der Polizei. Mir hat es Nico natürlich gesagt. Also bitte erzähl es sonst niemandem.«

Kira hebt feierlich die Hand zum Schwur. »Ich gebe dir mein großes Indianerehrenwort! Ich werde es nicht weitersagen. Los, Winston! Jetzt du!«

Ich? Pöh! Ich denke gar nicht daran. Denn diese Nachricht ist der beste Vorwand, den ich mir denken kann, um Odette endlich anzusprechen. Schwören tu ich hier also gar nichts!

»Na, Winston? Was ist?« Tom sieht mich auffordernd an. »Nun heb schon dein Pfötchen.«

Ich schüttle den Kopf und schlage mit dem Schwanz hin und her.

Tom und Kira gucken mich an, dann fangen sie beide an zu lachen.

»Schon gut, Winston.« Kira streicht mir über den Kopf. »Wenn du es deinen Kumpels vom Innenhof erzählen willst, dann mach ruhig. Ich glaube nicht, dass die Polizei etwas dagegen hat.«

Ich weiß gar nicht, was daran so lustig sein soll. Immerhin haben wir Katzen das letzte Verbrechen, was uns vor die Pfoten gefallen ist, eins a aufgeklärt. Da könnte sich die Polizei ruhig eine Scheibe von abschneiden. Ständig wird man als Haustier von den Zweibeinern unterschätzt. Schlimm ist das!

Tom rührt gedankenverloren in seinem Eisbecher. »Wobei wir jetzt immer noch nicht wissen, wer hinter den Einbrüchen steckt oder wo sich die Bande aufhält.«

Kira zuckt mit den Schultern. »Letztendlich ist es doch jetzt auch egal. Nico muss seine Klausur nicht noch mal schreiben, und damit hat sich der Fall für uns erledigt, oder?«

»Klar. Ich finde es zwar irgendwie doof, weil ich den Fall gern gelöst hätte, aber du hast natürlich recht.«

Maunz! Toms Enttäuschung kann ich verstehen. Ich hätte auch gern gewusst, wer in Wirklichkeit hinter den Überfällen steckt. Vor allem: Was erzähle ich denn jetzt bloß Odette? Gut, die Sache mit den Klausuren ist natürlich spannend, aber ich hatte gehofft, dass wir nun erst recht weiter auf Verbrecherjagd gehen und dass das Odette und mich wieder zusammenschweißen würde.

In diesem Moment kommt mir eine geniale Idee! Ich muss Odette ja gar nicht erzählen, dass die Jagd abgeblasen wurde. Genau, das ist es! Ich erzähle ihr von den Klausuren, aber nicht davon, dass die Kinder nicht weiter ermitteln wollen. Und dann jagen Odette und ich die Verbrecher auf eigene Faust. Nur wir beide, sie und ich. Mehr Romantik geht nicht! Von dem doofen Francesco will sie danach garantiert nichts mehr wissen, ich werde ihr Held sein!

Der Plan dürfte kinderleicht umzusetzen sein. Welches die nächste Schule auf der Liste der Tresorräuber sein dürfte, wissen wir: Immer noch die Gutenberg-Schule. Wie Odette und ich da hinkommen, ist auch klar – den Weg habe ich noch von unserem letzten Ausflug in die Sabinenstraße im Kopf. Einem echten Abenteuer mit Odette steht nichts mehr im Wege – also, bis auf die Tatsache, dass sie momentan nicht mehr mit mir redet. Aber diese Kleinigkeit kriege ich auch schon wieder hingebogen.

Ich will mal mit dem Positiven beginnen: Odette spricht wieder mit mir. Und wir haben es dank meines fantastischen Orientierungssinns am nächsten Donnerstag bis zur Gutenberg-Schule geschafft. Alles andere an meinem tollen Plan ist hingegen leider schiefgegangen. Weder sind wir alleine unterwegs noch sind wir Francesco losgeworden. Im Gegenteil: Wir sind sogar zu fünft, weil Spike und Karamell von unserem Vorhaben Wind bekommen haben und auf einmal unbedingt mitkommen wollten. Und anders als neulich fand Odette die Aussicht, wieder als die vier Muskeltiere loszuziehen, heute ganz toll. Wobei vier gar nicht stimmt. Mit Francesco sind wir mittlerweile schon fünf Muskeltiere.

Aber weil ich so froh bin, dass Odette mir wieder wohlgesonnen ist, und ich die gute Stimmung nicht verderben will, tue ich so, als sei unsere kleine Gruppenreise die Idee des Jahrhunderts und ich geradezu begeistert von ihr. Und nun stehe ich wieder vor der Gutenberg-Schule und hoffe schwer, dass sich heute mehr tut, als dass drei Klempner einen Wasserschaden beheben wollen. Wie soll ich sonst als Held glänzen?

»Boa, ist das hässlich hier!«, kommentiert Spike die Aussicht vom Fahrradschuppen auf das Schulgebäude.

Francesco muss natürlich auch sofort seinen Senf dazugeben: »*Si, si!* In Italia, iste viiiel schöner! *Ah, Palermo bello!*«

»Palermo-Bello?« Karamell schaut Francesco zweifelnd an. »Bist du zu Hause etwa mit einem Hund befreundet? Also, mit Hunden kann ich gar nicht. Das sind doch echt die letzten Heuler! Ich habe nie verstanden, was Menschen an denen so toll finden!«

Francesco schüttelt energisch den Kopf. »*Ma no!* Aber nein! *Palermo bello* hatte nix mit Hund zu tun. Heißt einfach *schönes Palermo*!«

Oh nein, jetzt fängt der wieder mit seiner schönen Heimat an! Heilige Ölsardine, der Typ geht mir aber richtig auf die Tatzen! Diesmal allerdings bin ich schlauer und behalte meinen Unmut für mich. Stattdessen lächle ich milde und sage: »Ja, ja, das schöne Italien.«

Irgendwann wird Odette doch hoffentlich von alleine merken, dass Francesco nur eine Tüte heißer Luft ist. Bis es so weit ist, muss ich mich aber noch am Riemen reißen.

»So, und nu? Wie ist denn der genaue Plan? Was machen wir, wenn die Tresorräuber auftauchen?«, will Spike wissen.

»Na, bis dahin sind die Kinder doch hoffentlich da. Und die rufen dann die Polizei«, erklärt Odette. »Richtig, Winston?«

»Ähem, ja, so ungefähr.« Bis auf den Teil mit den Kindern. Die kommen heute nicht. Aber ich glaube, es ist noch nicht der richtige Zeitpunkt, um Odette und den anderen das zu erklären. Wenn ich ehrlich bin, habe ich gar keinen richtigen Plan außer dem, endlich wieder etwas Zeit mit Odette zu verbringen. Ich denke, mir wird schon etwas einfallen, wenn die Verbrecher auftauchen.

Stundenlang passiert erst mal nichts, bis es schon fast dunkel ist. Dann kommt ein altes Auto aus einer der Seitenstraßen, die zur Schule hinführen, gefahren und parkt neben dem Schulgebäude. Zwei Männer steigen aus. Trotz der sommerlichen Temperaturen tragen sie Mützen, tief ins Gesicht gezogen. Ich brauche einen klitzekleinen Moment, um zu kapieren, was sich vor meinen Augen abspielt. Doch dann springe ich alarmiert hoch. Das kann doch kein Zufall sein. Mit denen stimmt garantiert etwas nicht!

»Da! Guckt mal! Die beiden Typen! Das könnten sie doch sein!«, ruft Francesco in erstaunlich klarem Hochdeutsch. Ich mustere ihn erstaunt von der Seite. Mit *dem* stimmt doch auch garantiert etwas nicht. Für weitere Überlegungen dieser Art bleibt jedoch keine Zeit, denn nun machen die beiden Männer sich tatsächlich an der Eingangstür zu schaffen. Soweit ich das erkennen kann, stochern sie mit einer Art Draht im Türschloss herum.

»Los, das sind sie!«, ruft Odette. »Wo bleiben denn bloß Tom, Kira und Pauli? Die müssten doch längst da sein!«

»Ach, die kommen bestimmt gleich«, beruhige ich sie.

»Aber wir sollten schon mal hinterher, sonst verpassen wir noch was.«

»Ich weiß nicht. So ganz ohne menschlichen Begleitschutz?« War ja klar. Karamell, der alte Bedenkenträger, macht sich schon wieder ins Fell.

Selbst Spike ist schon genervt von der Hasenfüßigkeit seines Freundes. »Meine Güte, Karamell! Dann wartest du eben draußen, bis die Kinder kommen. Wir gehen jetzt da rein und machen die Räuber dingfest!«

»Spike, das ist die richtige Einstellung!«, lobe ich ihn. »Und nun folgt mir!«

Im Gänsemarsch schleichen wir uns zur Eingangstür, als mir das erste Problem einer Verfolgungsjagd ohne menschliche Unterstützung klar wird: fehlende Kraft. Ich allein kann die Eingangstür leider nicht so leicht aufdrücken, wie ich mir das vorgestellt hatte. Im Grunde genommen kann ich sie gar nicht aufdrücken. Mist!

»Warum gehst du denn nicht weiter?«, will Odette wissen.

»Ich, äh, ich bekomme die Tür nicht auf.«

»Wie meinst du das?«

»Wie ich es sage: Ich kann sie nicht öffnen. Wahrscheinlich haben die Räuber sie von innen abgeschlossen.«

Spike und Francesco rücken auf und betrachten die Tür. Dann macht Francesco ein paar Schritte rückwärts, nimmt Anlauf – und schmeißt sich mit Karacho dagegen. Immerhin, sie klappt leicht auf. Odette guckt beeindruckt, Francesco schüttelt sich.

»*No*, die isse nicht abgeschlossen. Du biste einfach zu schwach.«

Dieser doofe …! Ich atme tief durch. *Ich lasse mich nicht ärgern. Ich lasse mich nicht ärgern. Ich lasse mich nicht ärgern. Ich …*

»Also, richtig aufgestoßen hast du die Tür auch nicht, Francesco. Die ist offensichtlich schwergängig«, schlägt sich Spike auf meine Seite, noch bevor ich Francesco mal meine Meinung sagen kann.

»Jungs!«, mischt sich nun auch Odette ein. »Bloß kein Streit! Wenn es für einen allein zu schwer ist, müssen wir als Team ran. Das weiß doch jedes Kätzchen!«

Wo sie recht hat, hat sie recht. Dirigiert von Odette, stellen Spike, Francesco und ich uns deshalb brav nebeneinander, auf ihr »Los!« drücken wir gleichzeitig und mit voller Kraft unsere Köpfe gegen die Tür. Tatsächlich bewegt sie sich nun langsam und lässt sich einen Spalt öffnen. Durch den passt allerdings nur ein sehr kleines Kätzchen, für mich würde es schon schwieriger – und für Spike wäre die Sache aussichtslos.

Odette dreht sich um. »Karamell! Komm! Du musst uns hier noch mal helfen!«

»Lasst uns doch lieber warten, bis die Kinder kommen«, ruft uns der Feigling aus sicherer Entfernung zu.

Odette seufzt. »Also, den kannste ja echt vergessen! Na ja, wir schaffen das schon. Kommt, noch mal mit Anlauf! Ich mache mit.«

Beim zweiten Versuch wenden wir Francescos Taktik an,

stürmen auf die Tür zu und werfen uns mit aller Kraft dagegen. Tatsächlich schwingt die Tür nun auf und wir purzeln der Reihe nach in den Vorraum der Eingangshalle.

»Puh«, Odette schüttelt sich. »Für manche Sachen sind Zweibeiner doch echt gut zu gebrauchen – das hätten wir fast nicht geschafft.«

Spike nickt. »Ja, Türen und Dosen können Menschen wirklich gut öffnen. Aber die Verbrecher finden wir jetzt auch ohne Unterstützung. Hauptsache, die Zweibeiner sind da, wenn wir wieder rauswollen. Aufgezogen bekommen wir die Tür nämlich auf keinen Fall allein.«

Ach du heilige Ölsardine! Daran habe ich gar nicht gedacht! Wir müssen ja auch wieder raus. Und die Verbrecher werden uns wohl kaum dabei helfen. In diesem Moment wird mir klar, dass aus einer Idee allein noch kein gut durchdachter Plan wird. Aber es wird schon alles gut gehen. Irgendwie.

Wird es doch, oder?

Die Entdeckung der Tresorräuber. Ob das für ein Happy End reicht?

Schon von Weitem hört man das Geräusch eines Hammers. Und es kommt natürlich NICHT aus dem Keller, sondern aus dem Erdgeschoss! Ich wusste es doch!

»Ich glaube, wir sollten da hinten suchen!« Spike streicht sich unternehmungslustig mit einer Tatze über die Schnurrhaare. »Immer dem Lärm nach, oder? Wahrscheinlich ist der Raum mit dem Tresor hier irgendwo im Erdgeschoss.«

»Genau. Würde ich auch so sehen. Auf alle Fälle nicht in den Keller.« Hihi, diese Spitze konnte ich mir nicht verkneifen! Francesco tut zwar so, als hätte er das nicht gehört, aber an dem Zucken seiner Schwanzspitze kann ich sehen, dass er meine Bemerkung sehr wohl mitbekommen hat. Einen weiteren Kommentar spare ich mir, ich will mir schließlich nicht wieder Ärger mit Odette einhandeln.

Wir schleichen durch die Pausenhalle weiter zu dem Flur, der in den hinteren Gebäudeteil führt. Das Hämmern ist nun so laut, dass unser Ziel nur noch wenige Meter entfernt sein kann. Kurz bevor wir jedoch die Tür erreichen, hinter der ich die Tresorräuber bei der Arbeit vermute, hört das Hämmern plötzlich auf. Nanu? Aber ehe ich mich noch weiter wundern kann, wird es durch ein ebenso lautes Bohrgeräusch ersetzt.

Die fragliche Tür steht tatsächlich einen Spalt weit auf. Vorsichtig schiebe ich meinen Kopf am Türrahmen vorbei und kann einen Blick in den Raum werfen. Ich sehe genau das, was ich erwartet habe: Die Männer mit den Mützen haben ein großes Loch in die Wand gehackt. Außerdem sind aus den Männern mit Mützen mittlerweile welche ohne geworden, anscheinend hindern sie die Masken bei der Arbeit. Ob sie keine Angst vor einer Überwachungskamera haben? Selbst unser Hausmeister Herr Lüttge war auf die Idee gekommen, so eine zu installieren. Ich suche den Raum nach einer Kamera ab – und tatsächlich baumelt von der Zimmerdeckenmitte eine Einkaufstüte. Darunter muss die Kamera stecken! Die Verbrecher sind also leider nicht dumm und haben sie außer Gefecht gesetzt.

In der Wand selbst steckt ein schwarzes Schränkchen – wahrscheinlich der Tresor –, und einer der Männer hat seitlich davon den Bohrer angesetzt. Der andere Mann sieht dabei zu, wie Mauerbrocken und Putz aus dem Bohrloch schießen. Er hat die Hände in die Hüften gestemmt und sieht sehr finster entschlossen aus. Überhaupt: *Finster* trifft es ganz gut. Der Mann hat nämlich einen ziemlich schwarzen Bart und ebenso schwarze, längere Haare, die zottelig auf seine Schultern fallen. Wieso müssen Verbrecher eigentlich immer so ungepflegt aussehen? Das ist mir schon bei Vadim unangenehm aufgefallen, obwohl der ja behauptet, gar kein Verbrecher mehr zu sein.

»Stopp!«, ruft Zottel schließlich. Als sein Kumpan den Bohrer zur Seite gelegt hat, tritt er an die Wand und rüttelt an dem Schrank.

»Kriegst du ihn jetzt raus?«, will der andere von ihm wissen. Im Gegensatz zu Zottel hat er keinen Bart und sehr, sehr kurze, helle Haare. Wobei – eigentlich trägt er eher Glatze. Die hellen Stoppeln bilden eine Art Kranz auf seinem Kopf, was ziemlich lustig aussieht und das Wort *Frisur* wie eine Übertreibung erscheinen lässt.

»Ich glaub schon. Moment – hilf mir mal.«

Nun rütteln sie beide und bewegen den Schrank tatsächlich Zentimeter für Zentimeter aus der Wand heraus.

»Wahnsinn, Winston!« Odette knufft mich in die Seite. »Du hattest tatsächlich recht! Die Tresorräuberbande!«

Auch Spike ist beeindruckt. »Kollege, du bist 'ne Wucht!«, lobt er mich. »Dieser kriminalistische Spürsinn – einfach furios!«

Nur der blöde Francesco kann sich nicht zu einer Anerkennung meiner Brillanz durchringen. »*Allora*, eigentlich warr doch die Idee von die Kinder, nicht von die Kater. Wo wir gerade davon sprechen: Wann kommen endlich die Kinder? Was machen wir ohne sie jetzt?«

Alter Miesepeter! Der gönnt mir einfach meinen Erfolg nicht. Aber davon lasse ich mich gar nicht aus der Ruhe bringen.

»Die werden schon kommen«, sage ich.

»Genau«, pflichtet mir Spike bei. »Und was machen wir so lange? Ich meine, wie geht dein Plan jetzt weiter?«

Berechtigte Frage. Ehrliche Antwort: Mein Plan endet an dieser Stelle. Wir haben die Tresorräuber gefunden und Odette ist von mir beeindruckt. Das reicht mir eigentlich. Leider sehen meine Mitstreiter das anders. Ich denke scharf nach. Was könnte ich denen jetzt als Plan verkaufen?

»Also, äh, ich … die beiden Männer sind im Tresorraum und wir … äh … wir … äh, müssen sie jetzt einfach …«

»Einsperren und auf die Kinder warten?«, fragt Spike.

Ha! Eine sehr gute Idee! Die nehme ich!

»Genau. Das wollte ich auch gerade sagen. Wir sperren diese Typen ein und warten einfach auf die Kinder.«

Odette legt den Kopf schief. »Einsperren? Wie wollen wir das denn machen?«

»Wir knallen die Tür zu und lassen die Einbrecher nicht wieder raus«, schlage ich vor.

»Aber wie denn? Ich meine, wir haben eben nicht mal die Eingangstür ohne Probleme aufgedrückt bekommen. Wie sollen wir denn diese Tür zuhalten, wenn die Männer unbedingt raus wollen? Die werden sich garantiert nicht von vier Katzen aufhalten lassen. Oder willst du mir erzählen, dass du die Tür abschließen kannst?«

Hm. Da ist natürlich was dran.

»Wir müssen sie irgendwie … also … irgendwie …«

»Blockieren?« Wieder kommt mir Spike zur Hilfe.

»Richtig. Wir müssen sie blockieren. Und zwar am besten mit …« Ich lasse meinen Blick schweifen.

»Mit dem Stuhl da vorn?«, schlägt Spike vor. »Wir könnten ihn hier hinschieben und seine Lehne unter die Klinge klemmen. Dann können die Männer die Tür nicht mehr von innen öffnen.«

Heilige Ölsardine! Auch wenn ich es nur äußerst ungern zugebe: Dieser fette Kater ist heute wirklich meine Rettung!

»Genau so machen wir es«, verkünde ich entschieden. »Spike, Francesco, lasst uns den Stuhl holen. Und dann schlägt Odette die Tür zu und wir klemmen blitzschnell die Lehne unter die Klinke.

»*Ma, non functiona!* Das wird nicht funktionieren«, meckert Francesco.

»Wieso?«, erkundigt sich Odette. »Ich finde, das klingt gut. Oder hast du eine bessere Idee?«

Francesco seufzt tief, sagt aber nichts mehr. Stattdessen trottet er mit uns zu dem Stuhl, den Spike weiter vorn im Flur gesichtet hat. Jeder von uns schnappt sich ein Stuhlbein, und gemeinsam rücken wir den Stuhl Stück für Stück voran. Erstaunlich schnell sind wir auf diese Art und Weise vor der Tür.

»Odette, versuch mal, die Tür möglichst leise zu schließen, dann probieren wir es mit der Lehne«, bitte ich sie.

»Okay!« Ganz sanft drückt Odette gegen die geöffnete Tür, tatsächlich schließt sie sich. Allerdings nicht ganz, dafür hat sie nicht genug Schwung.

»Es wäre besser, sie würde ins Schloss schnappen«, stellt Spike mit fachmännischer Miene fest. Wie kommt er denn darauf? Kennt er sich mit Menschenkram wie Türen und Schlössern aus? Offenbar habe ich den Kerl bisher unterschätzt. Er ist gar nicht dick, gemütlich und harmlos. Er ist dick, gemütlich und brandgefährlich!

»Dann müsst ihr mir drücken helfen«, sagt Odette. »Aber wenn ihr mir helft, könnt ihr nicht gleichzeitig die Lehne unter die Klinke schieben.«

»Und wennschon«, meldet sich Francesco zu Wort. »Dann machen wir es eben nacheinander. *No problemo!*«

»Es sei denn, die Einbrecher hören das Schloss schnappen. Ab dem Moment sollten wir besser sehr, sehr schnell sein – sonst haben wir ein gewaltiges Problem«, gibt Odette zu bedenken und hat damit wahrscheinlich verdammt recht. So weit darf es also gar nicht erst kommen.

Kurz entschlosssen mache ich eine Ansage: »Okay, wir teilen uns auf. Spike und Odette drücken die Tür weiter zu, Francesco und ich klemmen die Lehne unter die Klinke. Und zwar gleichzeitig. Auf drei!«

EINS … ZWEI … DREI!

Odette und Spike drücken, was das Zeug hält, und Francesco und ich versuchen, die Lehne möglichst geschickt unter der Klinke zu positionieren. Tatsächlich passt sie haargenau drunter und wir erwischen auch den Moment, in dem das Türschloss sanft *klack* macht. Puh! Geschafft! Ob die Verbrecher überhaupt etwas gemerkt haben?

»Hey, was'n da los? Da hat doch jemand die Tür zugemacht!«, poltert im nächsten Moment Zottels Stimme.

Meine Frage kann hiermit als beantwortet gelten: Sie

haben etwas gemerkt. Die nächste Frage, nämlich, ob sie nun versuchen werden, die Tür aufzubekommen, brauche ich mir gar nicht erst zu stellen, denn in diesem Moment wird auf der anderen Seite besagter Tür schon heftig an der Klinke gerüttelt.

»Das gibt's doch gar nicht!«, brüllt nun Glatze. »Da hat uns jemand eingesperrt! Andreas, hilf mir mal!«

Spike, Odette, Francesco und ich werfen uns einen kurzen Blick zu – dann rennen wir los. Und zwar so schnell wir können in Richtung Ausgang. Hinter uns wird das Rütteln lauter, die Männer fluchen und werfen sich anscheinend von innen gegen die Tür. Ach du heiliges Katzenklo! Wie lange wird unsere Konstruktion wohl halten?

Wir hetzen aus dem Flur in die Halle, immer Kurs auf die Eingangstür. Als sie in Sichtweite ist, gibt es hinter uns gewaltige Schläge, ganz so, als seien die Verbrecher mittlerweile auf die Idee gekommen, den Hammer zu ihrer Befreiung einzusetzen.

»Verflucht noch mal, Winston!«, faucht Odette mich an. »Wo bleiben die Kinder? Die Eingangstür kriegen wir ohne die niemals auf!«

»Genau!«, stimmt Spike ihr zu. »Ich glaube auch nicht, dass die Lehne unter der Klinke die Verbrecher ewig aufhalten wird. Also – wo sind unsere Dosenöffner? Du hast doch vorhin gesagt, dass sie bald kommen würden!«

In diesem Moment scheppert es hinter uns sehr laut, und dann hören wir schon die Schritte der Männer auf dem Gang. Auch sie laufen offenbar in Richtung Ausgang.

Dort sind wir mittlerweile angekommen, doch noch liegt zwischen uns und der Freiheit die gläserne Eingangstür.

Lieber Katzengott, falls es dich gibt – ich bräuchte jetzt mal ein Wunder! Und ich bräuchte es ziemlich schnell.

»Thorsten! Sieh mal, die Katzen da vorn – meinst du, die waren das? Aber wie in aller Welt haben die Dreckviecher das allein hingekriegt?« Zottels Stimme klingt sehr, SEHR wütend. Und sehr, SEHR nah.

»Keine Ahnung! Muss wohl so gewesen sein – sonst habe ich niemanden gesehen. Na wartet, ihr Biester! Wenn wir euch kriegen, machen wir Hackfleisch aus euch!«

Lieber Katzengott, ich korrigiere mich: Ich bräuchte das Wunder eigentlich sofort.

Nur gut, wenn ein Kater ab und zu Fernsehen guckt!

»Achtung, Achtung! Hier spricht die Polizei. Das Gebäude ist umstellt. Kommen Sie mit hoch erhobenen Händen heraus!«

Unglaublich! Meine Gebete wurden erhört! Das Wunder geschieht!

Die Stimme, die in diesem Moment laut dröhnend durch die ganze Eingangshalle schallt, klingt merkwürdig blechern, fast wie von einem Roboter. Durch die gläserne Tür kann ich sehen, dass mindestens vier Polizeiwagen vor der Schule stehen, hinter denen Polizisten, aber auch Menschen ohne Uniform lehnen. Einen von ihnen erkenne ich sofort: Es ist Herr Bange von der Kriminalpolizei! Das ist nun aber wirklich ein Wunder! Die Soko Schule scheint auch endlich schlau geworden zu sein! Bange hält eine Art riesigen Trichter in der Hand. Nun hebt er den Trichter an seinen Mund und spricht hinein. Wieder ertönt die blecherne Stimme.

»Ich wiederhole: Hier spricht die Polizei. Verlassen Sie sofort das Haus mit erhobenen Händen.«

Zottel und Glatze, jetzt wieder mit Mützen verkleidet, starren sich an, einer schüttelt ungläubig den Kopf. »Verflucht! Die Bullen! Wie kommen die denn hierher?«

Die gleiche Frage stelle ich mir auch gerade. Ob es tatsächlich an meinem kleinen Katzengebet liegt?

»Ist doch völlig wumpe, wo die herkommen. Die Frage ist: Was machen wir jetzt? Wie kommen wir hier heil wieder raus?« Die Stimme, der Tonlage nach von Glatze, klingt panisch.

»Keine Ahnung. Wenn die die Schule wirklich umstellt haben, haben wir schlechte Karten«, dröhnt Zottels tiefer Bass.

»Wir könnten versuchen, eine Geisel zu nehmen. Dann lassen sie uns vielleicht gehen.«

»Ha, ha. Sehr witzig. Wo willste die denn hernehmen? Hier ist doch niemand. Nur wir und vier Katzen.«

Diese Bemerkung ist natürlich sehr frech! Was heißt denn *nur wir und vier Katzen*? Aber ich will mich nicht beschweren, denn natürlich bin ich auch nicht scharf drauf, von den Einbrechern als Geisel genommen zu werden. Zottel geht auf die Eingangstür zu, bleibt seitlich davon stehen und lugt vorsichtig durch die Scheiben hinaus.

»Hm. Ziemlich viele Bullen da draußen. Also wenn die nicht zufällig besonders tierlieb sind, werden die von so 'ner kleinen Miezekatze als Geisel nicht gerade beeindruckt sein.«

»Oh Mann, ich versteh das nicht – das ist doch die ganze

Zeit gut gegangen! Meinst du, irgendjemand hat uns verpfiffen?«, jammert Glatze und knibbelt nervös an seiner Jacke.

»Weiß nicht. Und ist auch egal. Jetzt müssen wir erst mal raus hier.«

Wieder tönt die blecherne Stimme. »Geben Sie auf! Es ist zwecklos! Die Schule ist umstellt. In fünf Minuten werden wir in das Gebäude kommen.«

»Ich hab's!«, ruft Zottel.

»Ach ja? Was denn?«, will Glatze wissen.

»Na, ich weiß, wie wir hier rauskommen, ohne verhaftet zu werden.«

»Und?«

»Ich nehme dich als Geisel. Oder du mich.«

»Hä?«

»Thorsten, ist ganz einfach: Die wissen garantiert nicht, wie viele wir sind. Ich könnte auch ein Einzeltäter sein. Und du vielleicht der Hausmeister. Also marschieren wir da jetzt raus und ich habe dich im Schwitzkasten und halte dir irgendwas Waffenähnliches an die Rübe. Also, vielleicht den Meißel oder die Spitzhacke oder was auch immer.«

»Ich, der Hausmeister? Aber ich bin doch gar nicht der Hausmeister. Das kommt doch raus!«

»Mann, Thorsten, du bist echt nicht die hellste Kerze auf der Torte! Klar kommt das irgendwann raus, aber bis dahin sind wir längst über alle Berge! Die Geiselnummer muss nur so lange funktionieren, bis wir in unserem Auto sitzen und abhauen können. Also ungefähr zwei Minuten. Ich glaube nicht, dass die in der kurzen Zeit abchecken können, wer wir wirklich sind. Kapiert?«

Schweigen.

»Ob du das kapiert hast?«

»Äh, so halbwegs.«

»Okay. Also, wer willst du sein: Verbrecher oder Geisel? Aber entscheid dich schnell, bevor die Bullen gleich hier reinmarschieren.«

»Ähem, dann lieber Hausmeister. Ich meine, ich habe ja sowieso ursprünglich Elektriker gelernt, und da …«

»Echt, jetzt! Das interessiert niemanden! Du sollst einfach zwei Minuten die Klappe halten, dich von mir da rauszerren lassen und dabei ängstlich gucken. Wie eine echte Geisel eben. Und dann ziehe ich dich ins Auto und – schwupp – bevor die Bullen merken, dass das ein Trick war, sind wir schon über alle Berge. Warte kurz, ich hole die Hacke.«

Der Mann läuft wieder in den hinteren Flur. Odette stupst mich in die Seite.

»Meinst du, dass das funktioniert? Also, dass die beiden wirklich damit davonkommen?«

Ich überlege kurz. »Könnte schon sein. Ich bin natürlich kein Fachmann. Aber im Fernsehen habe ich das schon mal gesehen. Im *Tatort*.«

»Im *Tatort*? Was ist das denn?«, will Spike wissen.

»Das ist ein Krimi. Also, ich glaube, das ist eine Geschichte, die sich jemand ausgedacht hat.«

»Ach so.« Spike nickt. »So wie hier. Weil, die beiden denken sich doch auch aus, dass der eine der Entführer und der andere die Geisel ist.«

»Nein, so meine ich das nicht. Keine Lüge. Sondern eher wie ein Märchen oder so. Die Geschichte, die im *Tatort* erzählt wird, ist in Wirklichkeit gar nicht passiert. Die tun nur so im Fernsehen. Glaube ich jedenfalls«, erkläre ich mein dürftiges Wissen über menschliche Fernsehunterhaltung. »Jedenfalls kam in einem *Tatort* auch so eine Geschichte mit einer falschen Geisel vor. Und da hat es erst mal funktioniert.«

Francesco legt den Kopf schief. »Aber die ganze Geschichte in Färrrnsehen isse doch nur ausgedacht. Also weißte du doch nicht, ob in echt auch funktionierrrt.«

Ich seufze. »Nee, das habe ich auch nie behauptet. Ich sage nur: Es könnte funktionieren.«

Odette schlägt mit dem Schwanz hin und her. »Das müssen wir unbedingt verhindern. Die dürfen mit diesem Trick nicht durchkommen!«

»Und wie willst du das verhindern? Wir können kaum mit rauslaufen und laut *Das ist gar keine Geisel!* rufen.« Da hat Spike einen guten Punkt. Das können wir tatsächlich nicht.

»Na und?« Odette stört dieser Einwand nicht. »Wir brauchen nicht rufen. Wir brauchen nur mit raus. Und dann machen wir Ärger. Damit die Verbrecher nicht so schnell wegkönnen. Du hast es doch gehört – irgendwann wird die Polizei schon merken, dass das gar keine echte Geiselnahme ist. Sorgen wir also dafür, dass sie genügend Zeit dazu haben.«

Odettes Augen blitzen. Wenn sie so guckt, habe ich glatt ein bisschen Angst vor ihr.

Andreas hat seine Pudelmütze bis zum Hals heruntergezogen, für seine Augen sind nur zwei schmale Schlitze geblieben. Er hat Thorsten von hinten gepackt und schleift ihn vor sich her. Thorsten trägt natürlich keine Mütze mehr, stattdessen glitzern auf seinem Kopf lauter kleine Schweißperlen, so dass man ihm die verängstigte Geisel sofort abnimmt. Kann ja die Polizei nicht ahnen, dass er in Wirklichkeit ein verängstigter Einbrecher ist!

Andreas gibt seinem vermeintlichen Opfer einen Schubs und hält mit einer Hand das spitze Ende der Hacke direkt an Thorstens Kehle. Es sieht wirklich sehr gefährlich aus. Die Polizisten scheinen unschlüssig, wie sie reagieren sollen.

Als einer von ihnen einen Schritt auf die beiden Verbrecher zugeht, schreit Andreas ihn an: »Keinen Meter weiter, oder es geschieht ein Unglück!« Wie zu Untermauerung seiner Drohung drückt er die Spitzhacke ein wenig in den Hals seines Kumpanen, der heult laut auf. Ob tatsächlich vor Schmerz oder nur geschauspielert, vermag ich nicht zu sagen. Der Polizist jedenfalls bleibt sofort stehen.

Die beiden Verbrecher haben ihr Auto schon fast erreicht, da gibt Odette das Zeichen zum Angriff – ein lautes Fauchen, gefolgt von einem Satz in Richtung Auto der Einbrecher. Sofort setzen wir uns alle in Bewegung. Ich brauche zwei große Sprünge, dann sitze ich auf Andreas' Wollmütze. Der ist so überrascht, dass er die Spitzhacke fallen lässt. Sofort stürzt sich Spike auf die Hacke, Francesco wiederum springt Thorsten auf die Schulter. Andreas lässt Thorsten los und schlägt nach mir, aber ich lasse mich nicht abschütteln, sondern kralle mich in der Mütze fest. Diese rutscht langsam nach hinten, sodass Andreas nun auch nichts mehr sehen kann.

»Elende Drecksviecher!«, brüllt er und fuchtelt immer weiter. Auch Thorsten versucht, seinen Angreifer wieder loszuwerden, indem er wild um sich schlägt. Aber Francesco klebt regelrecht auf seiner Schulter und fährt ihm jetzt sogar mit seinen Krallen über die Wange.

»Aaaah, was soll das?«, schreit Thorsten schmerzerfüllt auf, aber eine Antwort bekommt er natürlich nicht. Stattdessen sind die Polizisten nun aus ihrer Schreckstarre erwacht und stürmen auf die beiden Verbrecher zu.

»Hände hoch, alle beide!« Herr Bange ist als Erster bei Andreas, packt ihn und wirft ihn zu Boden. Dann klicken Handschellen. Thorsten hebt freiwillig die Arme hoch, einer der Polizisten fasst ihn am Arm und führt ihn zu einem der Polizeiwagen.

Mir fällt ein Stein vom Herzen. Ach Quatsch: Eine ganze Wagenladung riesiger Felsbrocken kullert von meinem kleinen Katerherz! Ich hätte es natürlich nie zugegeben, erst recht nicht vor Odette – aber Angst hatte ich eben schon, und zwar gewaltige! Vor meinem inneren Auge sah ich mich schon von einer Spitzhacke erlegt als Bettvorleger enden! Aber die Gefahr ist nun gebannt, und so trabe ich zufrieden vor mich hin brummend zu Odette. Die hockt mittlerweile neben einem der Streifenwagen und wird gestreichelt von: Kira! Wie kommt die denn hierher?

Ein Fahndungserfolg. Ein rätselhaftes Wort. Und ein echter Rückschlag.

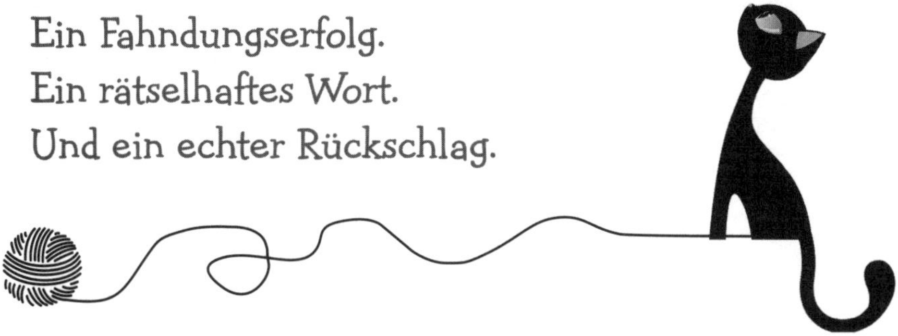

»Na ja – und dann habe ich mich immer wieder gegen die Eingangstür geworfen und richtig viel Lärm gemacht. Ich glaube, da haben die Kinder verstanden, was ich ihnen sagen will.« Karamell berichtet mit leuchtenden Augen, wie er, der Held, Kira, Tom und Pauli begreiflich gemacht hat, welches Drama sich hinter den Türen der Gutenberg-Schule abspielte. Gut, sein Triumph sei ihm gegönnt – ohne seine Hilfe hätten wir vermutlich ziemlich alt ausgesehen. Ich möchte nicht wissen, was die Einbrecher mit uns angestellt hätten, wenn sie uns wirklich zu fassen bekommen hätten!

Stattdessen sitzen wir nun warm und trocken bei der Polizei, beziehungsweise: liegen dort im Flur und warten darauf, dass die Kinder mit ihrer Aussage fertig sind und wir endlich alle wieder nach Hause und im Idealfall aufs Sofa können. Was mich zu der nächsten Frage bringt: Woher wussten eigentlich Kinder und Polizei, wo sie uns finden?

»Sag mal, Karamell – weißt du, warum die auf einmal alle vor der Schule standen?«

Karamells Schwanzspitze zuckt hin und her. »Du meinst, obwohl du uns angelogen hast, die Kinder gar nicht auf dem Weg zur Schule und wir in Wirklichkeit auf eigene Faust unterwegs waren?«

»Äh, genau.« Ach Gottelchen, ist Karamell nachtragend. Das war auch höchstens eine Notlüge und es ist doch alles noch mal gutgegangen!

»Die Kinder sind gekommen, weil Kira dich gesucht und nirgendwo gefunden hat. Weil wir Hofkatzen auch wie vom Erdboden verschluckt waren, hat das schlaue Mädchen eins und eins zusammengezählt.«

»Aha – und das ergab dann was?«

Karamell verdreht die Augen. »Na, ist doch wohl klar. Es ist wieder Donnerstag, also Tresorräubertag. Was du, Odette und Francesco seit eurem letzten Ausflug zur Gutenberg-Schule auch wusstet. Und dann haben wir da noch einen Kater namens Winston, der gern seine Nase überall reinsteckt. UND der außerdem schwer verliebt in eine bestimmte Katzendame ist und diese auf Teufel komm raus beeindrucken will. Wo könnte er das im Moment besser als in besagter Gutenberg-Schule?«

»Äh, das stimmt doch gar nicht!« Mist, ertappt! Wie gut Karamell mich doch kennt! Ich linse zu Odette rüber. Ob sie das mitbekommen hat? Falls ja, lässt sie es sich jedenfalls nicht anmerken, denn sie liegt immer noch entspannt und langgestreckt unter der Besucherbank und verzieht keine Miene.

»Klar stimmt das! Kira war sich deswegen ziemlich sicher, dass wir Katzendetektive versuchen würden, die Tresorräuber selbst dingfest zu machen. Und weil sie sich ebenfalls ziemlich sicher war, dass das für uns allein viel zu gefährlich wäre, hat sie sofort ihren Freunden Bescheid gesagt und hat sich gemeinsam mit ihnen auf den Weg zur Schule gemacht. Wo sie – dem Katzengott sei Dank, mein Lieber! – dann mich getroffen haben. Den Rest habe ich dir ja schon erzählt. Die Polizei allerdings ist gekommen, weil Tom dort angerufen hat. Er hatte so ein Kärtchen dabei, da stand anscheinend die Nummer drauf. Toller Zufall, oder?«

Dazu sage ich nichts, ich weiß ja, dass es kein Zufall war. Ich bin nur heilfroh, dass Tom von seinem ursprünglichen Gelübde, niemals den Polizisten Bange anzurufen, wieder Abstand genommen hat! Ich möchte mir gar nicht vorstellen, was andernfalls passiert wäre …

In diesem Moment öffnet sich eine der vielen Türen auf dem langen Flur, und Tom, Kira, Pauli und Herr Bange kommen heraus. Bange schüttelt den Kindern die Hand und sieht sehr zufrieden aus. Na, das ist doch eine deutlich andere Atmosphäre verglichen mit unserem letzten Stelldichein auf der Polizeiwache!

»Also, nochmals vielen Dank! Ihr habt uns wirklich sehr geholfen. Und eigentlich hattet ihr von Anfang an den richtigen Riecher. Wenn ihr später mal selbst Polizisten werden wollt – nur zu! So tolle Nachwuchsdetektive wie euch können wir immer gebrauchen.«

»Ja, gern geschehen«, antwortet Tom artig, aber er sieht

dabei komischerweise nicht so glücklich aus, wie ich es eigentlich erwartet hätte.

»Dass die Kerle dann gleich gestanden haben, liegt auch nur daran, dass wir sie auf frischer Tat ertappt haben. Glaubt mir, so ein Erfolgserlebnis habe ich nicht alle Tage! Und der Rest wird sich früher oder später schon noch aufklären lassen, macht euch da mal keine Sorgen. Soll ich eure Eltern anrufen, damit sie euch abholen können?«

»Nicht nötig!«, beeilt sich Kira zu sagen. »Wenn ich ehrlich sein soll, haben wir denen erzählt, dass wir ins Kino wollen, bevor wir gegangen sind.«

»Genau«, bestätigt Pauli. »Ich glaube, wenn mich meine Mutter zum zweiten Mal innerhalb einer Woche auf der Polizei einsammeln muss, gibt es ein ziemliches Donnerwetter. Wir nehmen also besser die U-Bahn nach Hause. Ist ja erst kurz vor neun, da fahren die noch regelmäßig.«

Herr Bange lacht. »Na gut. Dann eine sichere Heimreise. Und sobald wir etwas Neues wegen der Klausuren herausgefunden haben, sage ich dir Bescheid, Tom. Vielleicht hat dein Bruder ja doch noch Glück im Unglück.«

Glück im Unglück? Wieso denn? Die Klausuren haben wir doch längst! Und die Verbrecher jetzt auch. Eigentlich müssten meine drei Zweibeiner die glücklichsten Kinder der Welt sein.

»So ein verdammter Mist!«

Nein. Tom ist überhaupt nicht glücklich. Wir sind wieder zu Hause in der Hochallee und haben uns allesamt – Katzen und Kinder – erfolgreich an Babuschka, Anna und Werner vorbei in Kiras Kinderzimmer geschlichen. Kira hat nur kurz in der Küche Hallo gesagt, wo sich unsere restlichen drei Mitbewohner gerade auf ein gemeinsames Glas Wein versammelt hatten. Wahrscheinlich wieder ein missglückter Versuch von Werner, Anna mal allein zu fassen zu bekommen. Babuschka wird man eben nicht so schnell los!

Nun sitzen einige von uns auf dem Bett, andere liegen davor, nur Tom läuft auf und ab und schimpft wie ein Rohrspatz. Langsam verstehe ich die Welt nicht mehr!

»Da wäre es ja besser gewesen, wir hätten die Tresorräuber nie gefasst! Dann wäre das alles nicht herausgekommen und die Sache mit den Klausuren wäre vom Tisch gewesen. Jetzt geht die ganze Suche eigentlich wieder von vorn los!«

Die ganze Suche? Aber warum denn? Die Klausuren sind doch wieder da.

»Verstehst du, was er meint?«, will ich von Odette wissen.

Die schüttelt den Kopf. »Nein, gar nicht. Aber es scheint ein Problem mit den Räubern zu geben. Das sind irgendwie nicht die richtigen.«

»Das kann nicht sein«, widerspreche ich. »Wir haben doch mit eigenen Augen gesehen, wie sie den Tresor aus der Wand gemeißelt haben.«

»Tom, nun beruhig dich mal«, versucht es Pauli. »Vielleicht ändert das Geständnis der beiden gar nichts. Wer sagt denn, dass die Klausur nun wiederholt werden muss?«

»Das ist doch wohl logisch, Pauli!«, fährt Tom sie an. »Oder hast du Herrn Bange nicht zugehört?«

»Doch, doch – aber er hat doch nur gemeint, dass die beiden Einbrecher zwar fast alle Taten gestanden hätten, aber Stein und Bein schwören, dass sie nicht diejenigen waren, die den Tresor aus *unserer* Schule geschleppt haben. Na ja, und dass er deswegen glaubt, dass unsere Schule dann vielleicht von jemandem überfallen wurde, der gar kein Geld wollte. Sondern etwas anderes, wie zum Beispiel die Klausuren.«

Kira schnappt nach Luft. »Ach du Schreck! Jetzt weiß ich, was Herr Bange meinte: Unser Dieb wollte die Klausuren, weil er irgendetwas mit ihnen machen wollte. Aber das mit dem Konfi… Konsi… also, der Bange hat doch noch so etwas mit den Klausuren gesagt. Und das habe ich ehrlicherweise gar nicht verstanden.«

Tom guckt sehr düster. »Herr Bange hat gesagt, dass er die Klausuren als Beweismittel konfiszieren müsse, bis der Fall endgültig aufgeklärt sei.«

Pauli zuckt mit den Schultern. »Und was bedeutet das? Ich habe das Wort auch noch nie gehört.«

Fragt mich mal! Ich halte mich nun für einen außergewöhnlich gebildeten Kater, aber das Wort ist mir noch nie begegnet. Allerdings habe ich langsam so ein Gefühl, dass das gerade sehr schlechte Nachrichten waren.

»Konfiszieren? Ganz einfach«, erklärt Tom. »Die Polizei wird die Klausuren einziehen und als Beweis behalten, bis sie weiß, wer im Wilhelminen-Gymnasium eingebrochen ist und was er dort wollte. Denn wenn jemand irgendetwas an den Klausuren verändert hat, dann muss schließlich aufgeklärt werden, was genau das war – oder die Klausur muss sowieso von allen Schülern des Wilhelminen wiederholt werden.«

Oh nein! In diesem Moment wird mir klar, dass dieser ganze Schlamassel im Grunde genommen von mir verursacht worden ist. Wäre ich nicht auf die Idee gekommen, vor Odette anzugeben, indem ich sie zur Gutenberg-Schule schleife, dann hätten wir die Tresorräuber dort heute nicht gestellt. Und dann hätten die in ihrem Geständnis nicht sagen können, dass sie alle Schulen bis auf das Wilhelminen-Gymnasium überfallen haben. Und dann wäre niemand auf die Idee gekommen, jetzt die Klausuren zu konfi…, konsi… äh, also einzuziehen. Heilige Ölsardine, da habe ich vielleicht etwas angerichtet!

»Also müssen wir ganz schnell herausfinden, wer unsere Schule wirklich ausgeraubt hat. Dann rückt die Polizei die Klausuren wieder raus und Nico muss sein Mathe-Abitur nicht noch einmal schreiben«, sagt Kira.

»Ha, ha! Sehr witzig!« Tom starrt Kira sehr finster an. »Wie sollen wir das denn schaffen? Meine gesamte Ermittlungstaktik habe ich schon verbraten, und die hat uns zur Gutenberg-Schule geführt. Ich habe keinen Plan, was wir jetzt machen sollen! Es ist einfach aussichtslos.« Er lässt den Kopf hängen und setzt sich neben das Bett auf den Boden.

Kira antwortet nicht darauf, sondern scheint angestrengt nachzudenken. Dann springt sie plötzlich vom Bett auf. »Aber ich habe eine Idee! Ich glaube, ich weiß, wer uns weiterhelfen kann!«

Pelmeni, Milch und Augenfältchen. Oder: Schlaflos in der Hochallee.

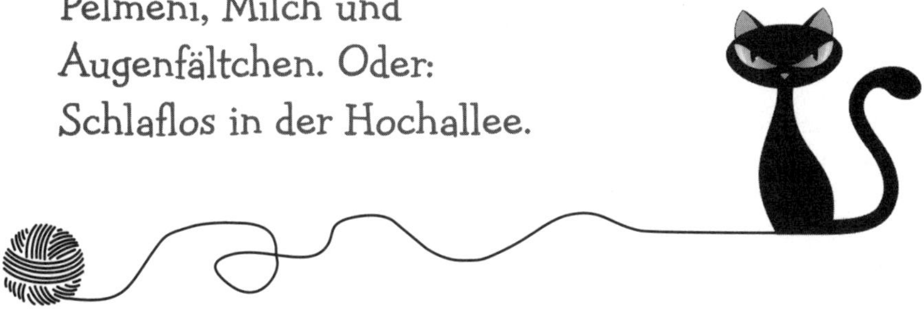

Heute Nacht kann ich überhaupt nicht schlafen. Unruhig wälze ich mich in meinem Körbchen hin und her und versuche, mich endlich in süße Träume hinüberzuretten. Oder wenigstens überhaupt in Träume. Aber es ist nichts zu machen. Meine Augen wollen nicht zufallen. Wahrscheinlich war der Tag dazu einfach viel zu aufregend: Erst unsere erfolgreiche Verbrecherjagd samt Polizeieinsatz, dann die Erkenntnis, dass diese Verbrecher leider die falschen waren – und schließlich hat Babuschka unsere kleine Versammlung in Kiras Zimmer auffliegen lassen und alle Zwei- und Vierbeiner, die ihren festen Wohnsitz nicht in der Hochallee 106a haben, wieder nach draußen gescheucht. Leider bevor Kira noch erklären konnte, auf welche tolle Idee sie denn nun eigentlich gekommen ist. Kein Wunder, dass ich nach diesem ganzen Durcheinander nun nicht einfach Schäfchen zählen kann.

Vielleicht würde es ja helfen, etwas zu essen. Ich überlege, ob der Topf mit Babuschkas Pelmeni noch auf dem Herd stehen könnte. Das sind außergewöhnlich köstliche, mit Hackfleisch gefüllte Teigtaschen, eine russische Spezialität, und für mich sind die eigentlich tabu. Andererseits: Schlaflosigkeit ist doch fast so etwas wie eine schlimme Krankheit, und wer würde denn einem armen kranken Kater schon die Nahrung verwehren? Eben! Also: Auf in die Küche!

Ich bin gerade auf die an den Herd grenzende Arbeitsplatte gehüpft und schleiche vorsichtig zu dem großen Topf, aus dem es immer noch herrlich duftet, da geht im Flur das Licht an. Maaauuunz! Hat Babuschka etwa eine Kamera in der Küche installiert? So wie Hausmeister Lüttge im Wilhelminen-Gymnasium? Dann wird sie sicherlich gleich durch die Tür gestürmt kommen und furchtbar mit mir schimpfen. Ich sehe mich nach einer Fluchtmöglichkeit um und beschließe, mich hinter dem Mülleimer in der Ecke zu verkriechen.

Tatsächlich kommt kurz darauf ein Zweibeiner in die Küche – allerdings kann ich selbst im Dämmerlicht aus einiger Entfernung die Behaarung an den Beinen erkennen. DAS ist mit Sicherheit nicht Babuschka. Sondern Werner. Er schlurft zum Kühlschrank, öffnet ihn und nimmt etwas heraus. Kurz darauf höre ich ihn zufrieden schmatzen. Na bravo! Jetzt habe ich noch mehr Hunger!

Wieder Schritte auf dem Flur. Kommt Babuschka vielleicht doch noch? Soll sie ruhig. Mit Werner wird sie bestimmt nicht schimpfen, und ich falle doch gar nicht mehr auf, wenn sich schon mein Professor am Kühlschrank zu schaffen macht.

Aber es ist wieder nicht Babuschka, sondern Anna, die als Nächstes in der Küche erscheint. Sie hat ein kurzes Nachthemd an, aus dem ein ziemlich langes Paar Beine ragt. Als sie Werner sieht, macht sie einen halben Schritt zurück, ganz so, als habe sie sich erschreckt.

»Hallo, Anna!«, begrüßt Werner sie freundlich. »Haben Sie auch Appetit auf einen kleinen Mitternachtssnack bekommen? Kommen Sie ruhig herein.«

»Oh, hallo, Herr Professor, ich, äh ... können Sie auch nicht schlafen? Ich versuche es schon seit Stunden und dachte, ich hole mir mal ein Glas Milch.«

Werner lacht. »Dann sind wir in diesem Punkt offenbar Seelenverwandte. Ich habe mir aus genau dem gleichen Grund auch eine Milch geholt.«

Milch? Wie lecker! Sofort beginnt mein Magen zu knurren. Furchtbar gern hätte ich jetzt auch ein Schälchen Milch! Normalerweise bekomme ich keine, seit Werner in irgendeiner Zeitschrift beim Tierarzt gelesen hat, dass Milch für Katzen ungesund sei. Dabei schmeckt sie so gut!

Jetzt greift Werner in einen der Küchenschränke und holt noch ein Glas für Anna heraus. Er stellt es auf die Arbeitsfläche, nimmt die Milch aus dem Kühlschrank und gießt etwas davon ins Glas. Dann gibt er es Anna.

»Bitte sehr!« Dann zögert er kurz. »Ich wollte Ihnen das schon neulich beim Champagner anbieten – also, natürlich nicht die Milch ... ich meine, ich weiß, Sie sind die Dame ... aber weil ich doch der Ältere bin ... also jedenfalls wollte ich Sie schon die ganze Zeit fragen … äh … also Ihnen vorschlagen … äh …«

Anna beginnt zu kichern. »Herr Professor – ich verstehe kein Wort. Was wollen Sie mir denn eigentlich sagen?«

Ich kann Anna nur recht geben. Mein Professor macht es wieder reichlich kompliziert. Aus diesem Gestammel wird doch niemand schlau!

Werner holt tief Luft. »Anna, wollen wir nicht zum Du übergehen?«

Anna lächelt verschmitzt, dann nickt sie. »Sehr gern. Ich heiße Anna.«

Werner hebt sein Glas mit Milch und prostet Anna zu. »Ich heiße Werner.«

Maunz! Ich bin fassungslos! Wusste Anna etwa nicht, dass Werner Werner heißt? Und Werner hat vergessen, dass Anna Anna heißt? Es ist kaum zu glauben – da haben die Menschen nun schon so einen großen Kopf – und dann ist anscheinend nur Luft darin!

Schweigend trinken die beiden ihre Milch. Dann räuspert sich Anna. »Werner, wolltest du neulich wirklich meine Mutter mit in die Oper nehmen? Oder doch vielleicht mich?«

Werner scheint sich an seiner Milch verschluckt zu haben, jedenfalls beginnt er zu husten und stellt schließlich sein Milchglas wieder auf die Arbeitsplatte.

»Tja, wo Sie … äh … wo du schon so fragst: Eigentlich wollte ich mit dir in die Oper gehen.«

»Aber warum hast du das denn nicht gesagt? Ich hatte

nachher so ein Gefühl, dass es irgendwie ein Missverständnis war – aber nachfragen wollte ich nicht. Das wäre mir peinlich gewesen.«

Werner lacht verlegen. »Und mir wäre es peinlich gewesen, von allein noch mal zu fragen. Ich dachte zwischendurch, dass du vielleicht sowieso nicht mitkommen wolltest und mich dann absichtlich missverstanden hast.«

Jetzt ist es an Anna, zu lachen. »Aber Herr Professor! Ach nee, ich meine: aber Werner! Warum sollte ich denn so etwas tun?«

Werner zuckt mit den Schultern. »Weiß nicht. Vielleicht, weil so eine junge, hübsche Frau nicht so gern mit einem alten Knacker wie mir in die Oper gehen möchte.«

Mit einem Mal klingt er wieder ganz unsicher und verletzlich, so wie neulich bei seiner verunglückten Operneinladung. Heilige Ölsardine – was ist bloß mit meinem alten Werner los? Ob er sich im Umgang mit Anna so fühlt wie ich mich bei Odette? Der Arme! Und ob er auch Herzrasen hat, wenn er an Anna denkt? Wieder habe ich den gleichen Verdacht: Ob es das ist, was Menschen meinen, wenn sie von Liebe reden? Oder vom Verliebtsein? Ja, das muss es sein. Ich habe es zwar schon länger geahnt, aber nun bin ich mir ganz sicher: Werner ist verliebt in Anna. Wo allerdings der Unterschied zwischen Verliebtsein und Liebe ist, verstehe ich immer noch nicht. Wieso muss das alles so kompliziert sein? Warum ist es nicht einfach *Mann trifft Frau. Happy End.* Oder in meinem Fall: *Kater trifft Katze. Happy End?*

Ich quetsche mich zwischen Mülleimer und Wand etwas weiter nach vorn, um die beiden besser sehen zu können. Dabei mustere ich Werner ganz genau und versuche, an seinem Gesicht abzulesen, ob er wirklich in Anna verliebt ist.

Dann passiert tatsächlich etwas Aufschlussreiches in Werners Gesicht. Allerdings nur indirekt. Annas Hand wischt nämlich über Werners Wange, bevor sie sich ganz schnell wieder zurückzieht. Hoppla! Was war das denn?

»Alter Knacker? Du hast gar keine Falten.« Ach so. Anna wollte mal überprüfen, ob sich Werner noch in einem guten Zustand befindet. Das ist natürlich eine gute Idee, vor allem, wenn sie sich überlegt, in Zukunft häufiger etwas mit ihm zu machen, so von wegen Verliebtsein und so. Wäre dann ja blöd, wenn Werner quasi schon »aufgebraucht« wäre. Sehr schlau von Anna!

Werner wechselt die Gesichtsfarbe. Auch, wenn ich das als Kater nur schwer beurteilen kann: Ich könnte schwören, er wird rot.

»Oh, wirklich nicht? Ich dachte, ich hätte welche.« Er fährt sich selbst mit der Hand durch das Gesicht. »Hier zum Beispiel, die Lachfältchen an den Augen.« Er deutet mit dem Zeigefinger über seinen Wangenknochen.

»Hm, dann habe ich nicht gründlich genug geguckt.« Anna macht einen Schritt auf Werner zu und will wohl gerade nach den Lachfältchen schauen, da geht die Küchentür ein weiteres Mal auf. Und diesmal ist es wirklich Babuschka! In ihrem flauschigen Bademantel und mit einer Art Turban auf dem Kopf steht sie auf einmal in der Küche und sieht dabei nicht so streng aus wie sonst. Genau genommen sieht sie für ihre Verhältnisse geradezu milde gestimmt aus. Trotzdem schrecken Werner und Anna voreinander zurück, als hätten sie irgendetwas Verbotenes getan.

»Oh, hallo, Professor!«, begrüßt Babuschka Werner erstaunt. Dann fällt ihr Blick auf Anna. »Ist hierrr kleine Versammlung in Kuche?«

Werner räuspert sich. »Nein, nein, reiner Zufall. Ihre Tochter und ich konnten beide nicht schlafen und hatten dann offenbar die gleiche Idee. Ein Glas Milch hilft doch oft Wunder.« Er deutet auf die Milchtüte, die immer noch auf der Arbeitsplatte steht. Babuschka schaut hinüber, dann wandert ihr Blick zwischen Werner und Anna hin und her.

»Aha. Wunder. Milch. Verstehe.« Dann sagt sie nichts mehr, aber ich habe das Gefühl, als würde sie über etwas ganz anderes nachdenken als über Milch und Schlafprobleme.

»Mamuschka«, schaltet sich schließlich Anna ein. »Willst du auch eine Milch oder was machst du hier?«

Babuschka schüttelt den Kopf. »Njet. Habe ich gehört Geräusch in Kuche. Habe ich gedacht, frecher Katerrr ist hier und frisst heimlich Pelmeni. Wollte ich nachgucken.«

Anna lacht. »Nein, Winston ist nicht hier. Du hast uns gehört. Also, leg dich wieder in Ruhe schlafen. Deine Pelmeni sind sicher.«

Babuschka nickt, dann geht sie wieder aus der Küche, und schließlich machen sich auch Werner und Anna auf den Weg in ihre Betten. Ich bin wieder allein.

Was hat Anna gesagt? Die Pelmeni sind sicher? Ich glaube nicht.

Ein Verdacht. Eine Ladung Schrot. Und ein Volltreffer.

Am nächsten Morgen habe ich ziemliche Bauchschmerzen und das unbestimmte Gefühl, schon sehr bald sehr viel Ärger mit Babuschka zu bekommen. Unsinn, es ist gar kein unbestimmtes Gefühl. Es ist Gewissheit. Die Tatsache, dass ich fast alle Pelmeni aufgefressen habe, wird nicht unentdeckt und vor allem nicht ungesühnt bleiben. Ich sollte also besser nicht da sein, wenn sie merkt, dass der Topf leer ist.

Weil ich zudem immer noch nicht weiß, wie genau Kira herausfinden will, wer nun wirklich den Tresor vom Wilhelminen-Gymnasium geknackt hat, beschließe ich, ihr zu folgen, wenn sie zur Schule geht. Dann schlage ich zwei Fliegen mit einer Klappe – ich entgehe Babuschkas Zorn und bin dabei, wenn sich Tom, Pauli und Kira wieder treffen. Fragt sich nur noch, wie ich mich in die Schule schmuggeln kann, ohne dass es auffällt. Aber das überlege ich mir, wenn es so weit ist. Jetzt mache ich erst mal die Biege.

Als Kira nach ihrer Schultasche greift, mache ich mich

unauffällig in Richtung Katzenklappe auf. Anna mag es überhaupt nicht, wenn ich ihre Tochter in die Schule begleite, also ist es besser, sie merkt es erst gar nicht. Aus Annas Sicht ist Schule nämlich eine furchtbar ernste Angelegenheit, bei der ein Kater nur stört. Das zeigt mir zwar, dass Menschen – und in diesem Fall insbesondere Mütter – überhaupt keine Ahnung haben, worauf es im Leben wirklich ankommt, aber ich werde Anna in diesem Punkt wohl nicht mehr ändern. Wenn ist um die Schule geht, ist Schluss mit lustig.

Ich husche durch die Klappe und laufe nach unten. Dort setze ich mich neben die Haustür und warte auf Kira. Die wird mich schon mitnehmen und irgendwie in die Schule einschleusen. Wird sie doch, oder?

»Winston, was machst du denn hier?« Kira klingt vorwurfsvoll. »Du willst doch nicht etwa mit in die Schule kommen, oder? Wann begreifst du endlich, dass das verboten ist und du dort nichts zu suchen hast? Hast du gestern nicht schon für genug Aufregung gesorgt?«

Maunz und Mooooment! Wieso für Aufregung gesorgt? Ich habe doch vor allen Dingen für Auf*klärung* gesorgt! Was sind die Menschen undankbar! Als Haustier ist man ganz schnell an allem schuld, aber wenn man *mal wieder* alles gerettet hat, merken es die Zweibeiner nie. Selbst die kleinen Menschen sind anscheinend schon so! Es gibt Tage, da verstehe ich, warum Odette und die anderen so gern im Innenhof wohnen. Eine WG mit Menschen ist manchmal richtig doof!

Offenbar habe ich vor lauter Unmut gemaunzt und gefaucht, denn nun bückt sich Kira zu mir runter und krault mich ganz sanft und liebevoll unter dem Kinn. »Hey, bin ich dir gerade auf den Schlips getreten? Beziehungsweise auf den Schwanz?«

Ich gucke Kira erstaunt an. Natürlich weder noch. Das hätte sie doch gemerkt! Jetzt lacht sie. Etwa über mich? Langsam bin ich wirklich erbost. So behandelt man einen edlen Kater wie mich nicht!

»Das meinte ich doch nicht wörtlich. Es ist nur eine Redewendung für *Habe ich dich irgendwie gekränkt?*. Ich habe nämlich das Gefühl, dass du aus irgendeinem Grund sauer auf mich bist.«

Na endlich! Ich hatte schon die Befürchtung, dass mich meine Freundin nicht mehr versteht. Zur Bestätigung fauche ich deshalb laut und versuche mich an etwas, das hoffentlich wie ein Nicken aussieht.

Kira streichelt mir über den Kopf. »Oje! Du bist tatsächlich sauer! Lass mich raten: Du findest, du hast uns sehr geholfen.«

Wieder ein Kater-Nicken.

»Aha. Und du willst, weil du der neugierigste Kater der Welt bist, weiter dabei sein, wenn wir versuchen, den zweiten Tresorräuber zu fangen. Und damit du ja nichts verpasst, willst du mit in die Schule kommen.«

Fauchen, Nicken, Fauchen! Klar will ich das!

Kira seufzt. »Na gut. Warte einen Moment hier. Ich hole eine zweite Tasche, damit ich dich irgendwie ins Gebäude schmuggeln kann, ohne gleich wieder Ärger zu bekommen. Die Direx fand deinen Besuch neulich nämlich überhaupt nicht gut.«

Na und? Mir doch wurscht. Los, Kira, hol die Tasche!

Ich linse vorsichtig über den Rand meiner Mitfahrgelegenheit. Es ist ziemlich laut und leider steht die Tasche so, dass ich nur sehr viele Beine sehen kann, die herumstehen oder auch -laufen. Das macht aber nichts, denn ich weiß trotzdem ganz genau, in welchem Teil der Schule wir uns gerade befinden. Meine Nase ist sich absolut sicher: Wir sind in der Schulkantine. Der Essensgeruch ist so stark, dass ich gleich an die Pelmeni denken muss, die mir immer noch schwer im Magen liegen. Da ist es wieder, mein Bauchgrimmen!

Ich versuche, mich abzulenken, indem ich genau auf die Stimmen lausche, die ich direkt über mir am Tisch hören kann. Wenn ich mich nicht täusche, ist Kira mit Tom und Pauli essen gegangen, und ich hoffe doch sehr, dass sie den beiden nun erzählen wird, welche tolle Idee sie hatte, um den Fall endlich aufzuklären und Nicos Mathe-Klausur zu retten.

»Aber findest du nicht«, das ist eindeutig Kiras Stimme, »dass sie sich total verdächtig verhalten hat? So richtig auffällig?«

»Weiß nicht. Ich finde, die ist immer auffällig. Nämlich

auffällig ätzend«, höre ich nun Pauli sagen. Damit hat sie natürlich völlig recht. Leonie ist eine eingebildete Pute, und wenn sie sich trotzdem mal mit normalen Menschen abgibt, führt sie dabei meist etwas im Schilde. Ich erinnere mich noch daran, als sie mich in einem Kaufhaus zum Klauen verführt hat und ich danach eine Menge Ärger … aber lassen wir das. Tatsache ist: Mit Leonie stimmt etwas nicht. Aber ob nun neulich noch mehr mit ihr nicht stimmte als sonst, vermag ich nicht zu sagen. Allerdings bin ich auch nur ein armer Kater, der zu solchen Zicken, wie Leonie eine ist, normalerweise keinen Kontakt hat. Gott sei Dank, möchte ich sagen!

»Mir ist ihr Verhalten auch aufgefallen. Allein dass sie einfach ohne uns in die Schule gerannt ist und nachher meinte, sie hätte gedacht, dass sie einen der Typen kennt! Voll komisch war das«, mischt sich nun eine tiefere Stimme ein – zweifelsohne Tom. »Meinst du, sie könnte etwas mit dem Überfall auf unsere Schule zu tun haben? Sollten wir ihr mal richtig auf den Zahn fühlen?«

»Schaden könnte es jedenfalls nicht.« Wieder Kira.

»Weiß nicht.« Pauli ist immer noch nicht überzeugt. »Ich fand sie echt nicht seltsamer als sonst. Aber wo wir gerade bei seltsam sind – wieso schleppst du eigentlich die ganze Zeit diesen großen Beutel mit dir rum, Kira? Was ist denn da drin?«

Es gibt einen Ruck, und ich werde kräftig durcheinandergerüttelt. Offenbar hat Pauli nach dem Beutel geschlagen. Aua! Ich fauche laut. Pauli und Tom lachen.

»Ach so! Du hast Agent Winston mitgebracht!«

»Psst, nicht so laut! Oder wollt ihr, dass ich hier gleich mit ihm rausfliege? Er wollte heute Morgen unbedingt mitkommen, bestimmt hat er den gleichen Verdacht wie ich.«

»Und jetzt muss der arme Kater schon den ganzen Vormittag in diesem Beutel verbringen?« Tom klingt empört.

»Nein, natürlich war ich zwischendurch auch mal mit ihm draußen. Außerdem wollte er das so, und nachdem er schon letzte Woche mit Frau Rosenblatt Ärger bekommen hat, als er einfach so durch die Schule spaziert ist, war er in dem Beutel sicherer.«

Damit hat Kira völlig recht. Ich möchte nicht wissen, was Frau Rosenblatt mit mir macht, wenn sie mich noch einmal in ihren heiligen Hallen erblickt. Wahrscheinlich packt sie mich an meinem empfindlichen Nacken und schmeißt mich hochkant aus der Schule – kein besonders schöner Gedanke! Dann bleibe ich doch lieber in diesem zugegebenermaßen engen, aber sicheren Stoffbeutel!

»Na komm, gib ihn mir mal!« Wieder spüre ich Paulis Hände, diesmal aber deutlich sanfter als beim letzten Mal. Der Beutel schwingt leicht nach links und rechts, dann scheine ich auf Paulis Schoß Platz genommen zu haben. Kurz darauf gleitet ihre Hand in den Beutel und beginnt, mich zu kraulen. Schnurr! Eine gute Idee!

Leider hört Pauli sehr kurze Zeit später schon wieder damit auf und zieht mit einem Ruck ihre Hand zurück. »Hey, guckt mal! Da drüben steht Leonie! Wäre doch eine gute Gelegenheit, deine These mal zu überprüfen.«

Vorsichtig luge ich über den Rand des Beutels. Tatsächlich, in der Schlange an der Essensausgabe steht die Zicke Leonie.

Tom schiebt seinen Stuhl zurück und steht auf. »Genau. Und das machen wir auch. Wir werden eine Ladung Schrot abschießen und gucken, ob wir tatsächlich ins Schwarze treffen. Die gute Leonie kauf ich mir jetzt jedenfalls!«

Aber er schießt doch hoffentlich nicht wirklich auf sie! Gewalt ist keine Lösung! Mit entschlossenen Schritten steuert er auf Leonie zu. Als die ihn sieht, macht sie unwillkürlich einen Schritt rückwärts. Ein kurzer Wortwechsel – leider kann ich nicht hören, was Tom zu Leonie sagt –, dann zieht Tom Leonie hinter sich her, und zwar direkt an unseren Tisch. Gut, keine echte Gewaltanwendung! Gott sei Dank meinen Menschen Dinge oft im übertragenen Sinne – ich hätte auf keinen Fall sehen mögen, wie Tom Leonie über den Haufen schießt, auch wenn sie eine Ziege ist!

»Hallo!«, grüßt Leonie fast schüchtern, als sie sich zu Kira und Pauli setzt. Ich überlege kurz, ob ich mich nun wieder verstecken muss. Nein, vor der blöden Leonie werde ich bestimmt nicht den Schwanz einziehen! Soll sie ruhig sehen, dass ich da bin!

Meine Anwesenheit scheint sie aber überhaupt nicht zu interessieren. Sie würdigt mich nämlich keines Blickes, stattdessen wendet sie sich gleich an Kira. »Was wollt ihr denn von mir? Ich habe euch doch schon erzählt, warum ich neulich in die Schule gelaufen bin. Und überhaupt –

warum interessiert euch das noch? Die Klausuren sind wieder aufgetaucht, also lasst mich in Ruhe!«

Kira atmet tief durch. »Du glaubst gar nicht, wie gern ich das tun würde. Aber leider ist es nicht so einfach. Denn es hat sich herausgestellt, dass die Tresorräuberbande, die genau genommen ein Tresorräuber-Duo ist, zwar für fast alle Überfälle verantwortlich war. Aber eben nur fast. Gestern wurden die Typen geschnappt – und was soll ich sagen? Sie geben alles zu. Aber unsere Schule haben sie gar nicht überfallen. Das muss jemand anderes gewesen sein.«

Leonie starrt Kira mit aufgerissenen Augen an. »Was?« Mehr fällt ihr nicht dazu ein. Ich habe es immer vermutet: Besonders schlau ist sie nicht, die Zicke. Nur besonders gerissen.

»Du hast ganz richtig gehört: Die Tresorräuberbande hat unsere Schule nicht überfallen. Also hat jemand anderes den Tresor mitgehen lassen. Und weil das einzig Interessante in dem Tresor die Abiturklausuren waren, vermutet die Polizei, dass es den Tätern eben genau um diese ging. Und dass durch diesen Überfall die Abiturprüfungen nachträglich irgendwie manipuliert und verändert werden sollten.«

Unruhig rutscht Leonie auf ihrem Stuhl hin und her. »Aber wieso erzählt ihr mir das alles? Ihr glaubt doch nicht etwa, dass ich den Tresor geklaut habe! Und beim Abitur habe ich auch noch nicht mitgeschrieben.« Sie lacht nervös.

»Nein«, mischt sich Tom ein. »Aber wir glauben, dass du etwas damit zu tun hast. Wir glauben, dass du den oder die Täter kennst und deswegen unbedingt mitkommen wolltest. Es kann doch kein Zufall sein, dass du nie etwas mit uns zu tun haben willst, aber dich nach dem Überfall auf unsere Schule auf einmal brennend für unsere Ermittlungen interessierst. Nee, nee – da stimmt etwas nicht! Irgendetwas weißt du über die Sache mit den Klausuren. Gib es zu!«

»Das ist doch Quatsch! Ich war einfach neugierig. Und überhaupt – wenn eure Theorie stimmt und ich zufällig einen der Täter kenne – warum interessiert euch das überhaupt?«

Pauli verdreht die Augen. »Ganz einfach: Solange die Polizei nicht herausfindet, warum der Tresor geklaut wurde, wird die Arbeit nicht für das Abitur gewertet. Könnte ja sein, dass sich jemand an den Klausuren zu schaffen gemacht hat. Und zum Beispiel eine echte, aber schlechte Arbeit gegen eine gute, aber gefälschte ausgetauscht hat. Also, raus mit der Sprache: Was weißt du?«

»Hab ich doch schon gesagt«, erwidert Leonie pampig, »ich weiß überhaupt nichts!«

Plötzlich gibt es einen lauten Knall – ich zucke zusammen und purzle fast mitsamt dem Beutel von Paulis Schoß. Kira hat mit der flachen Hand auf die Tischplatte gehauen! Und zwar mit Karacho.

»Jetzt reicht es mir aber! Ich sag dir mal, was ich mache, wenn du nicht sofort mit der Wahrheit rausrückst. Ich rufe erstens Herrn Bange von der Kripo an und sage ihm, dass du irgendwie in der Sache mit drinhängst.«

Leonie guckt gelangweilt und zuckt mit den Schultern, ganz so, als wolle sie *Na und?* sagen. Aber meine schlaue Kira ist noch nicht fertig. Denn wo es erstens gibt, gibt es auch zweitens! Und was für eines!

»Zweitens werde ich in einer Minute von diesem Tisch aufstehen, zu Frau Rosenblatt ins Büro marschieren und ihr erzählen, dass du weißt, wer die Abi-Klausuren geklaut hat, es aber nicht sagen willst.«

Mit einem Satz springt Leonie von ihrem Stuhl auf. »Das würdest du nicht tun!«

Kira lächelt. »Oh doch. Das würde ich. Du hast mittlerweile noch fündundvierzig Sekunden Zeit, es dir zu überlegen.« Sie schiebt langsam ihren Stuhl zurück, bereit, aufzustehen.

Leonie schnappt nach Luft. »Hey, nun warte doch mal! Was soll denn das? Ich … äh … ich … also, das ist doch alles nicht meine Schuld! Ich schwöre, ich wollte niemandem schaden! Und ich wusste auch gar nicht, was die mit der Info wollten. Also, jedenfalls nicht so genau. Und als dann die Sache mit dem Tresor passiert ist, war ich genauso geschockt wie ihr! Ich … ich wollte das alles nicht!« Leonie fängt an zu weinen.

Tom und Kira starren sie an.

»Sag mir die Namen!« Tom brüllt Leonie regelrecht an. Die Kinder links und rechts an den Tischen blicken neugierig zu uns herüber, aber das scheint Tom egal zu sein.

Leonie schnieft. »Welche Namen?«, jammert sie dann.

»Die Namen der Typen, die die Klausur meines Bruders geklaut haben! Jede Wette, dass du sie kennst!«

Leonie zögert, dann flüstert sie so leise, dass selbst Winston-ich-habe-Superohren-Churchill genau hinhören muss. »Ich kenne nur einen von ihnen. Und den kennt ihr ehrlich gesagt auch!«

Heilige Ölsardine! Ich würde sagen, unsere Schrotladung hat genau ins Schwarze getroffen! Fragt sich nur noch, wer der bekannte Unbekannte ist …

Von gekauften Verbrechern und verschwiegenen kleinen Schwestern.

Man hätte fast von allein drauf kommen können, wer hinter dem Überfall auf Kiras Schule steckt: Vadim! Dieser Riesenschurke! Von wegen *er hat sich total verändert* – nichts dergleichen hat er!

Leonie hatte ihn gesehen, als er vor einigen Wochen mal Anna von der Schule abgeholt hatte. Offenbar waren die beiden doch schon häufiger Kaffee trinken – der arme Werner! Wenn er das wüsste! Jedenfalls hatte Leonie, neugierig wie immer, die beiden belauscht und sich dann zusammengereimt, dass Vadim der verbrecherische Exfreund von Anna sein muss. Die Geschichte von seiner Karriere als Zigarettenschmuggler hatte sich am Wilhelminen-Gymnasium natürlich längst herumgesprochen – und zwar nicht zuletzt, weil Zicke Leonie sie überall erzählt hatte.

»Das nächste Mal habe ich Vadim dann gesehen, als er in unserer Nachbarschaft Pakete ausfuhr. Mit so einem großen blauen Lieferwagen, der Name des Kurierdienstes stand auf der Seite. Da wusste ich dann, für wen er arbeitet«, erklärt Leonie.

»Und weiter?«, erkundigt sich Pauli.

»Als ich ein paar Tage später mitbekommen habe, dass Isabell und ihre Freundinnen jemanden suchen, der bereit wäre, ein krummes Ding zu drehen, habe ich ein bisschen angegeben. So von wegen, dass ich da eine Idee hätte und so. Habe ich aber eigentlich gar nicht ernst gemeint – ich hätte nie gedacht, dass die Mädels wirklich irgendetwas Verbotenes planen.«

Tom schüttelt den Kopf. »Nee, klar. Das kam für dich natürlich völlig überraschend. Wo du doch immer so ein treuherziges, ehrliches Wesen bist!«

Leonie schluchzt noch einmal effektvoll. »Klar bin ich ehrlich! Kriminell bin ich jedenfalls nicht! Ich war total geschockt, als mir klar wurde, dass Isabell das ernst meint mit dem Verbrecher. Und dann habe ich erst gemerkt, in was für Schwierigkeiten ich mich da selbst gebracht habe!« Leonie schnieft, Pauli kramt in ihrer Hosentasche und reicht ihr ein Taschentuch. Lautes Schnäuzen, dann erzählt Leonie stockend weiter. »Ich wollte dann noch einen Rückzieher machen, aber es ging nicht mehr. Isabell hat mir die Hölle heiß gemacht, so von wegen, dass ich ein kleines dummes Mädchen bin und nie wieder dabei sein darf, wenn sich die Clique trifft.«

Tom starrt finster vor sich hin, Kira seufzt. »Und das war natürlich wichtig – weiter bei den Großen dabei sein zu dürfen.«

Leonie nickt. »Klar. Isabell und die Mädels sind mit Abstand die Coolsten der ganzen Schule. Es ist sowieso schon die Mega-Ausnahme, dass ich ab und zu dabei sein darf, wenn die sich treffen.«

Okay, so viel ist selbst mir als Kater klar: Wenn Leonie eine Zicke ist, ist Isabell die Oberzicke. Da lege ich mich fest. Auch wenn ich überhaupt nicht weiß, wer diese Isabell eigentlich ist.

Pauli stöhnt. »Also echt, Leonie, du bist ja schon schlimm. Aber deine Schwester ist offenbar noch viel schlimmer!«

Aha. Isabell ist also die große Schwester.

Leonie guckt Pauli böse an. »Man merkt, dass du Einzelkind bist und dich nicht mit Geschwistern rumschlagen musst. Das ist nicht so einfach, wie du es dir vorstellst!«

Pauli zuckt mit den Schultern. »Mag sein. Trotzdem: So ganz habe ich es nicht verstanden – deine Schwester hängt mit ihrer doofen Clique rum, und sie überlegen laut, ob man nicht irgendeinen Kriminellen kennt, den man für etwas Illegales engagieren könnte. Und da kommst du vorbei, willst einen auf dicke Hose machen und erzählst deshalb, du hättest neulich jemanden wiedergetroffen, der es mit den Gesetzen nicht so genau nimmt?« Sie kichert. »Sozusagen der Verbrecher deines Vertrauens?«

»Ha, ha, sehr witzig!«

Mit meinem geschulten Haustierblick sehe ich natürlich sofort, dass Leonie das überhaupt nicht so meint. *Ironie* nennen die Menschen das. Warum sie so gern das Gegenteil von dem meinen, was sie sagen, dann wiederum aber das Gegenteil von dem sagen, was sie meinen, habe ich allerdings bis heute nicht begriffen. Keine Katze käme jemals auf so eine verrückte Idee!

»Und wie ging es dann weiter?« Kira ist entschlossen, der Sache nun richtig auf den Grund zu gehen.

Leonie zögert kurz und spricht dann sehr leise weiter. »Dann … dann habe ich ihnen erzählt, wen ich getroffen habe. Und dass man den für Geld bestimmt dazu bewegen könnte, irgendetwas Verbotenes zu machen. Aber ich gebe euch mein großes Ehrenwort: Ich wusste nicht, dass es was mit dem Abitur zu tun hatte und der Kerl unsere Schule überfallen sollte. Ich meine – in Wirklichkeit weiß ich es immer noch nicht. Es war nur so ein Verdacht – deswegen wollte ich auch unbedingt dabei sein, als ihr wegen der Tresorräubergeschichte zur Gutenberg-Schule gefahren seid. Ich hatte euch belauscht und hatte sofort das Gefühl, dass es da irgendeinen Zusammenhang gibt. Aber das muss ja nicht stimmen. Vielleicht wollten Isabell und ihre Freundinnen auch etwas ganz anderes von dem Typen.«

Tom schüttelt den Kopf. »Nee, du wirst schon recht haben. Ich meine – so viele Zufälle gibt's doch gar nicht. Isabell ist zwar erst in der Elften, aber die Hälfte ihrer zickigen Freundinnen hat jetzt Abitur geschrieben. Und weil das nicht die allerhellsten Schülerinnen sind, die ihr Abi mal eben so aus dem Ärmel schütteln, kann ich mir schon vorstellen, dass sie auf die Idee gekommen sind, ihre schlechten Originalklausuren gegen gute Fälschungen auszutauschen.«

Leonie lässt den Kopf hängen. »Ja, das kann schon sein.«

»So war es bestimmt!«, ruft Pauli. »Dann müssen wir jetzt nur mit Leonie zur Polizei, sie erzählt ihnen die Sache mit Isabell, und die Sache ist geritzt.« Sie klatscht in die Hände. »Auf geht's! Worauf warten wir?«

Leonie reißt die Augen auf. »Nein, das mache ich auf gar keinen Fall!«

»Was?« Tom schaut sie fragend an.

»Na, der Polizei davon erzählen. Das könnt ihr nicht von mir verlangen. Ich meine, Isabell ist manchmal wirklich ätzend zu mir – trotzdem werde ich garantiert nicht meine Schwester in die Pfanne hauen. Das könnt ihr vergessen!«

»Schön, dass du dir solche Sorgen um deine Schwester machst! Aber denk zur Abwechslung auch mal an meinen Bruder! Hättest du Isabell nicht den Tipp mit Vadim gegeben, wer weiß, ob die ihre Schwachsinnsidee wirklich in die Tat umgesetzt hätten!« Auf Toms Stirn schwillt eine Ader und er sieht wirklich sehr wütend aus.

Leonie schnäuzt noch einmal in ihr Taschentuch. »Ich weiß. Und es tut mir wirklich sehr leid. Aber ich möchte der Polizei nichts dazu erzählen. Und ich muss das doch auch gar nicht. Ich glaube, man kann nicht gezwungen werden, gegen eigene Geschwister auszusagen.« Sie schiebt ihren Stuhl zurück und steht vom Tisch auf. »So. Mir reicht es auch mit eurem Verhör. Ich habe euch alles gesagt, was ich über die Sache weiß. Jetzt lasst mich in Ruhe!« Sie dreht sich um und geht, ohne uns noch eines weiteren Blickes zu würdigen.

Kira seufzt. »Schätze mal, wir brauchen nicht darauf zu warten, dass die blöde Kuh ihre Meinung ändert.«

»Und was machen wir dann? Wir könnten doch einfach Herrn Bange anrufen und ihm sagen, was uns Leonie erzählt hat«, schlägt Pauli vor.

»Ich weiß nicht.« Tom klingt sehr zweifelnd. »Einen richtig tollen Beweis haben wir leider nicht. Die Mädchen werden alles abstreiten, falls die Polizei sie befragt, und Vadim wird natürlich auch nichts zugeben.«

»Fürchte auch, so wird das nichts! Wir müssen die irgendwie überführen. Und ob ihr's glaubt oder nicht – ich hab schon wieder eine Idee, wie wir das anstellen können!« Kira grinst und lehnt sich gemütlich in ihrem Stuhl zurück.

»Verrätst du uns auch, wie?« Pauli schaut sie erwartungsvoll an, aber Kira schüttelt nur den Kopf.

»Abwarten!«, sagt sie schließlich. »Ich muss dafür noch etwas klären.«

Maunz und Menno! Jetzt bin ich auch ganz neugierig geworden! Was hat meine Freundin Kira denn nun schon wieder vor?

Ein Plan, ein Retter und eine Männerfreundschaft!

»Kira, ich verstehe, dass du deinen Freunden helfen willst, aber ich finde das viel zu riskant! Es ist Aufgabe der Polizei, Verbrecher zu fangen – nicht die von Schulkindern!«

Werner geht aufgeregt im Wohnzimmer auf und ab und fuchtelt mit dem Zeigefinger in der Luft herum. Das macht er höchst selten, ja, man könnte sagen: nur im äußersten Notfall, denn normalerweise ist Werner ein sehr entspannter Zeitgenosse. Anscheinend ist aber genau der gerade eingetreten. Also, der Notfall, meine ich. Kira hat nämlich soeben unseren drei erwachsenen Mitbewohnern erläutert, wie sie Vadim als Tresorräuber entlarven will. Und in diesem Spitzenplan spielt ihre Mutter Anna eine tragende Rolle, was ich persönlich eine ganz ausgezeichnete Idee finde. Wenn jemand die Richtige ist, um Vadim in eine Falle zu locken, dann mit Sicherheit unsere Anna!

Der Plan geht dabei ungefähr so: Anna verabredet sich mit Vadim zum Essen und sagt ihm, dass sie einen geschickten Verbrecher brauche, ob er ihr da helfen könne?

Sie habe nämlich gehört, dass er hinter dem Einbruch in die Schule stecke, und wolle ihn nun auch gern engagieren, natürlich gegen gute Bezahlung. Und wenn er den Auftrag dann annimmt, schnappt – zack! – unsere Falle zu, weil Anna das Gespräch natürlich heimlich mit ihrem Handy aufnimmt. Das geben wir dann der Polizei, die verhaftet Vadim, der gesteht aufgrund der erdrückenden Beweise, für wen er die Klausuren stehlen sollte, und Nicos Klausur ist gerettet. Genial, oder?

Werner ist leider ganz anderer Meinung. »Jetzt mal ehrlich: Warum solltest du denn einen Einbrecher brauchen, Anna? Da kann doch ein Blinder mit 'nem Krückstock dran fühlen, dass an der Geschichte etwas nicht stimmt! Das merkt der doch sofort!«

»Mir fällt schon die passende Erklärung ein, mach dir keine Sorgen«, versucht Anna, ihn zu beruhigen. Rückendeckung erhält sie von Babuschka, die offensichtlich großen Gefallen an der Idee findet, Vadim richtig eins auszuwischen.

»Herr Professorrr, ist ganz einfach! Anna, sagst du Vadim, Schmuck von Tante Darya ist im Pfandhaus. Ist sich aaaltes Erbstuck. Brauchst du uuunbedingt zuruck! Aber leiderr kein Geld, weil Professorrr ist so geizig!« Sie kichert.

Werner schnaubt und bleibt kurz stehen. »Ich bin überhaupt nicht geizig!«

Nun lacht Babuschka lauthals, greift nach Werners Hand und drückt sie kurz. »Ich weiß, ich weiß, Professorrr! Aber das ist, was Vadim glauben *will*, und deshalb wird er glauben sofort. Denn er ist neidisch auf alle Menschen, die haben Erfolg. Weil er selbst ist Nichtsnutz. Und so will er glauben schlechte Geschichte über erfolgreich Professor.«

Aha. Diese Theorie ist neu für mich, klingt aber logisch. Babuschka, die alte Menschenkennerin! Von ihr kann ich anscheinend noch viel über die Zweibeiner lernen. Werner ist jedoch nicht restlos überzeugt, er legt die Stirn in Falten und streicht sich mit einer Hand über sein Kinn.

»Aber selbst wenn Vadim diesen Köder schluckt, finde ich die Geschichte viel zu gefährlich. Wir sollten diesen Polizisten von der Kripo mit ins Boot holen, Herrn Bange, oder wie der hieß. Es wäre mir wohler, wenn der mit von der Partie wäre.«

Anna schüttelt den Kopf. »Das möchte ich auf keinen Fall. Vadim hat sowieso schon immer so viel Ärger mit der Polizei. Wenn er mit dem Tresorraub gar nichts zu tun hat, will ich ihn da auch nicht unnötig mit hineinziehen. Entweder er verplappert sich mir gegenüber und wir können beweisen, dass er den Tresor aus der Schule geklaut hat, oder eben nicht.«

Werner seufzt. »Na gut. Aber dann komme ich mit. Falls irgendetwas passiert.«

»Was soll denn schon passieren? Schlimmstenfalls wundert sich Vadim über meinen Vorschlag, trinkt seinen Kaffee aus und geht.«

»Aber was, wenn Vadim zum Beispiel den Braten riecht

und ausrastet? Nein, nein, ich komme mit und verstecke mich in der Nähe. Und wenn etwas passiert, dann rette ich dich!«

Ich habe es immer gewusst: In meinem Werner steckt ein wahrer Held! Anna lächelt Werner auf eine so zauberhafte Art an, dass selbst mir warm ums Herz wird.

»Danke, Werner! Das ist lieb von dir.«

Babuschka, die sich mit romantischen Erwägungen nicht lange aufhält, klatscht in die Hände. »Gutt, gutt! Dann wird so gemacht!«

Genau! Attacke! Auf ihn mit Gebrüll! Zur Sicherheit werde ich auch Verstärkung organisieren – das ist doch genau die richtige Aufgabe für die vier Muskeltiere!

»Ich weiß nicht«, Spike rekelt sich und sieht dabei extrem lustlos aus. »Unser Ausflug zur Gutenberg-Schule war genug Abenteuer für meinen Geschmack. Es ist Wochenende und ich brauche dringend Erholung.«

Erholung? Wovon denn? Der fette Spike liegt doch eigentlich den ganzen Tag über nur herum. Es ist wirklich bezeichnend, dass der Kerl überhaupt weiß, dass und was ein Wochenende ist. Aber was rege ich mich auf? Gibt ja genug andere Katzen hier! Ich schaue mich um, entdecke aber nur Karamell. Von Odette und Francesco keine Spur.

»Karamell, wie schaut es mit dir aus? Kann ich auf dich zählen?«

Karamell kommt näher geschlichen, und zwar in Zeitlupe. Langsamer geht es nicht! »Unser letzter Einsatz war eine ziemliche Pleite, Winston. Abenteuer mit dir sind mir irgendwie zu gefährlich.«

»Wieso *ziemliche Pleite*?« Ich schnaube empört. »Stimmt doch gar nicht! Wir haben schließlich die echte Tresorräuberbande geschnappt!«

Karamell schüttelt sich. »Nein, mein Lieber – *die* hätten beinahe *uns* geschnappt! Du hast uns schließlich angelogen, als du gesagt hast, dass die Kinder mitkommen. Wenn ich nicht den richtigen Riecher gehabt hätte und draußen geblieben wäre, wären wir geliefert gewesen. Nee, nee, so funktioniert das nicht! Da musst du dir in Zukunft andere Dumme suchen!«

Maunz, ist der nachtragend! Ein allzu großer Verlust ist es aber auch nicht, denn dass sich ein Angsthase Karamell Vadim mutig in den Weg stellen würde, ist auch nicht zu vermuten. Dann doch lieber allein losschlagen als mit so einem Bedenkenträger wie dem an meiner Seite! Es wäre allerdings schön, wenn Odette noch auftauchen würde. Ihren Wagemut könnte ich jetzt gut gebrauchen. Ihre Schlauheit sowieso.

»Weißt du, wo Odette steckt?«, will ich deshalb von Schnarchnase Karamell wissen.

»Keine Ahnung. Vielleicht zeigt sie Francesco noch ein bisschen die Stadt? Der geht doch wieder zurück nach Palermo.«

Francesco verschwindet wieder? Das sind ja mal richtig

gute Nachrichten! Ich überlege kurz. Oder etwa nicht? Wenn ich mir Spike und Karamell so ansehe, ist mit Francesco auf alle Fälle mehr los. Okay, er sieht gefährlich gut aus und ich mag es überhaupt nicht, dass er sich auch für Odette interessiert – aber alles in allem ist er schon ein ganz guter Typ. Brauchbarer jedenfalls als die beiden Langweiler hier. Ich atme tief durch. Wie organisiere ich denn nun eine sinnvolle Katzenunterstützungstruppe für Anna?

Während ich noch damit hadere, dass die Hälfte meiner Katzenfreunde faul und ängstlich ist, kommen Francesco und Odette in den Innenhof geschlendert. Na endlich – da ist sie ja, die andere, die mutige Hälfte!

»Hallo, Winston!«, begrüßt mich Odette freundlich. »Na, haste dich von unserem Abenteuer erholt?«

»Nicht nur das! Ich bin schon wieder fit für das nächste. Ihr hoffentlich auch, Karamell und Spike schwächeln nämlich ganz gewaltig!«

»Ah, schwacheln isse nix für Francesco! Francesco isse immer berrreit fur neues Abenteuerrr!« Der hübsche weiße Kater richtet sich mit einer dramatischen Geste zu seiner vollen Höhe auf. Aber heute stört es mich nicht, im Gegenteil, ich bin froh, dass hier endlich mal ein bisschen Unterstützung kommt. Nörgler gibt es hier auf dem Hinterhof schließlich genug.

»Sehr gut! Wie sieht es mit dir aus, Odette?«

»Klar mach ich mit! Euch Jungs kann ich doch wohl kaum allein lassen. Viel zu gefährlich. Worum geht es denn genau?«

Kurz erläutere ich den beiden Annas und Kiras Plan. Odette und Francesco hören mir aufmerksam zu.

»... na ja, Werner findet jedenfalls, dass Anna Begleitschutz braucht, falls etwas schiefgeht. Und ich finde, da hat er recht. Was aber ist besser als ein einzelner Retter?« Ich mache eine Kunstpause.

Odette legt den Kopf schief. »Drei Retter?«

»Richtig! Du weißt, was ich meine, Odette. Ich schlage Folgendes vor: Wenn ich weiß, wann die Aktion losgeht, sage ich euch Bescheid. Dann folgen wir Anna, Kira und Werner. Und sorgen gemeinsam dafür, dass der blöde Vadim dorthin kommt, wo er hingehört: Hinter Schloss und Riegel.«

Francesco hüpft begeistert auf und ab. »Sehrr gut! Isse fast wie in Palermo! Da habe ich schon die gefährlichste Verbrecher geschnappt. Also, helfe ich hier meine Freund Winston sehr gern. Isse Ehrensache fur mich, *collega*!«

Odette grinst. »Oh, entsteht hier gerade eine Männerfreundschaft? Wie schön!«

Dazu sage ich nichts. Man muss es schließlich auch nicht übertreiben!

Ein gefährlicher Ausflug ins Café.

Maunzmiaumiooooo! Es geht endlich los und ich fühle mich wie elektrisiert! Vadim hat zugesagt, sich mit Anna in dem kleinen Café von neulich zu treffen. Alles ist vorbereitet: Der Tisch ist reserviert, ein zweiter auch, und zwar im Nebenraum um die Ecke. Dort werden Werner und Babuschka sitzen, um im Notfall eingreifen zu können. Kira, Tom und Pauli haben versprochen, diesmal die Erwachsenen machen zu lassen, aber Tom hat Annas Handy so eingestellt, dass mit dem Plan alles klappen müsste. Das Telefon wird Anna in den kleinen Tischständer mit den Speisekarten stecken. Es überträgt dann jedes Wort auf Werners Handy. So kann der erstens das Gespräch zwischen Anna und Vadim aufnehmen, und zweitens hört er auch gleich, wenn es irgendwie Ärger gibt. Richtig clever, diese Kinder!

Francesco und Odette haben beschlossen, gemeinsam mit den Kindern in dem Hauseingang nebenan zu warten. Von dort haben sie den perfekten Blick auf das Café und weil der reservierte Tisch direkt am Schaufenster liegt, auch auf diesen. Mich hingegen kann niemand davon abhalten, mich möglichst nah am Geschehen zu tummeln. Ich bin wild entschlossen, gemeinsam mit Anna und Werner in das Café zu huschen und mich dort so zu platzieren, dass ich zwar Vadim sehen kann, aber er mich nicht. Wo ein Kater ist, ist auch ein Weg! Das wird schon klappen, und auch der Cafébesitzer wird mich nicht davon abbringen.

Auf dem Weg zu unserem Einsatzort bin ich so aufgeregt, dass mein Bauch zu grummeln beginnt. Aber für solche Zipperlein habe ich nun keine Zeit – ich bin ein Kater mit einer Mission! Noch zweimal um die Ecke gebogen, schon sind wir da. Ich komme als Erster beim Café an, alle anderen scheinen mir heute furchtbar zu trödeln. Vor der Tür bleibe ich also sitzen und maunze vor mich hin.

Anna läuft auf mich zu. »Winston, was soll das? Wenn Vadim dich sieht, wird er bestimmt misstrauisch.«

Da hat sie recht. Schließlich bin ich mit Vadim in seiner Zigarettenschmugglergeschichte schon einmal richtig aneinandergeraten. Beziehungsweise Kira, die damals in meinem Körper steckte. Aber das weiß Vadim natürlich nicht.

»Na, husch! Geh bitte zu den anderen Katzen und Kindern!« Anna macht eine wedelnde Handbewegung und versucht, mich wegzuscheuchen.

Ich bleibe hartnäckig an der Tür kleben.

»Winston Churchill! Geh weg! Vadim wird jeden Moment hier sein, willst du uns etwa alles vermasseln?«

Normalerweise bin ich sofort brav, wenn Anna mich bei

meinem vollen Namen ruft. Anderenfalls droht in der Regel richtig Mecker. Aber darauf lasse ich es heute ankommen, und als Werner und Babuschka schließlich eintreffen und die Tür zum Café öffnen, laufe ich einfach hinterher und hoffe, dass ich nicht gleich wieder rausfliege.

Glücklicherweise ist im Gastraum ziemlich viel los, sodass mich keiner der anwesenden Menschen bemerkt. Ich schaue mich kurz um und sehe, dass zwischen einigen Tischen Raumteiler stehen, hinter denen man sich prima verstecken kann. Besonders wenn man nachtschwarz ist, das sind die Raumteiler nämlich auch. Als sich Anna an den reservierten Tisch setzt, beziehe ich meine Stellung an dem Raumteiler direkt daneben und kauere mich ganz dicht an ihn. Hier wird mich Vadim bestimmt nicht sehen, vor allem, wenn er nur Augen für Anna hat!

Werner und Babuschka verziehen sich in den hinteren Teil des Cafés. Dann beginnt das Warten auf Vadim. Mein Bauch beginnt wieder zu grummeln. *Nicht jetzt*, schimpfe ich mit mir selbst und drücke mich noch ein bisschen enger an den Raumteiler.

Schließlich öffnet sich die Tür des Cafés wieder und ich höre eine vertraute Stimme. »Hallo, Anna! Du glaubst nicht, wie sehr ich mich über deinen Anruf gefreut habe!«

Vadim geht auf den Tisch zu, Anna steht kurz auf, er haucht ihr links und rechts ein Küsschen auf die Wange. Dann setzt er sich auf den Platz gegenüber. »Du hast am Telefon gesagt, dass du meine Hilfe brauchst. Also, hier bin ich!«

Ich kann Annas Gesicht nicht sehen, vermute aber, dass sie nun ihr scheues, unwiderstehliches Lächeln lächelt, das auch mein verliebter Werner so toll findet.

»Ja, danke, dass du gekommen bist. Was willst du denn trinken?«

»Nur einen Kaffee. Du auch?«

Vadim bestellt bei einer der Kellnerinnen zwei Kaffee, kurz darauf kommt sie wieder und stellt etwas auf den Tisch. Ich kann den Kaffeeduft in meinem Versteck deutlich schnuppern.

»Also, es ist so«, beginnt Anna vorsichtig. »Kannst du dich noch an Tante Darya erinnern?«

»Hm«, brummt Vadim zustimmend.

»Tante Darya besaß sehr viel wertvollen Schmuck. Altes Familienerbe. Nach ihrem Tod sollte ich es bekommen, weil Darya nämlich keine eigenen Kinder hat und ich ihre einzige Nichte bin.«

»Aha.« Vadim klingt ein bisschen gelangweilt. Kein Wunder. Wahrscheinlich würde er lieber mit Anna Händchen halten und über eine gemeinsame Zukunft nachdenken als über den Schmuck von Tante Darya.

»Jedenfalls hat Darya den Schmuck vor einem halben Jahr ins Pfandhaus getragen. Sie musste eine hohe Zahnarztrechnung bezahlen und hatte kein Geld. Also hat sie den Schmuck für einen Kredit verpfändet.«

»Tja, kein Geld ist immer schlecht«, bemerkt Vadim trocken. Na, der muss es ja wissen.

»Jedenfalls wird der Schmuck demnächst versteigert,

wenn sie den Kredit nicht zurückzahlt. Aber das kann sie nicht. Und Babuschka und ich haben auch kein Geld.«

»Aber du hast doch einen Job. Zahlt der Professor nicht gut genug?«

Anna zögert kurz. *Los, gib dir einen Ruck und zieh das jetzt durch!*, versuche ich ihr in Gedanken zuzuflüstern. *Sonst wird Vadim bestimmt misstrauisch.*

»Tja, leider hast du recht. Er zahlt sehr schlecht. Und einen Vorschuss will er mir auch nicht geben.«

Vadim pfeift. »Wusste ich es doch! Der Professor ist ein geiziger, alter Pfeffersack! Du wärst besser bei mir geblieben!«

»Äh, ja. Hinterher ist man immer schlauer. Und genau deshalb brauche ich jetzt deine Hilfe.«

Ich sehe von meinem Versteck aus, wie Vadim die Hände hebt. »Tut mir leid, ich bin leider auch nicht flüssig. Sonst würde ich dir natürlich sofort etwas leihen.«

»Brauchst du gar nicht. Ich habe eine andere Idee.«

»Nämlich?«

»Also … aber bitte nicht sauer sein! Es ist wirklich nur eine Frage.«

»Klar, bin ich nicht. Schieß los.«

»Ich habe gerüchteweise gehört, dass du für jemanden den Tresor aus Kiras Schule geklaut hast. Also, als Job gewissermaßen. Und jetzt frage ich mich, ob du das auch für mich machen würdest. Gegen Bezahlung natürlich.«

Ich halte die Luft an und warte gespannt auf Vadims Antwort. Das Grummeln in meinem Bauch ist mittlerweile so laut, dass ich fürchte, es könnte mich verraten. Vadim hat immer noch nicht geantwortet. Er scheint zu überlegen. Gütiger Katzengott, hoffentlich lagen wir mit unserem Verdacht nicht völlig daneben!

»Du bist gut informiert. Ich habe tatsächlich jemandem mit dieser Tresor-Geschichte einen Gefallen getan. Zusammen mit zwei Kumpels habe ich das Ding gedreht, ging allerdings nicht um Geld, sondern um irgendwelche Klassenarbeiten.«

Hurra, hurra, HURRAAA! Und ein dreifaches Maunz-Miau! Heilige Ölsardine, da ist es endlich, unser Geständnis! Ich bin so begeistert, dass ich am liebsten aus meiner Deckung springen würde. Aber weil ich so ein schlauer, besonnener Kater bin, bleibe ich liegen und lausche weiter.

»Ehrlicherweise war das auch einer der Gründe, warum ich mich mit dir neulich zum Kaffeetrinken verabredet habe.« Vadim grinst.

»Aber was hatte denn unser Treffen damit zu tun? Ich dachte, du wolltest mich nur mal wieder sehen, wo du doch nun in der Nähe arbeitest.«

Nun wird Vadims Grinsen so breit, dass eine Banane in Querrichtung zwischen seine Zähne passen würde.

»Auch. Ich wollte dich auch wiedersehen. Aber vor allem wollte ich einen Abdruck von deinem Schlüsselbund machen.«

»Wie bitte?« Annas Stimme klingt ungläubig bis empört.

»Na ja, als wir uns auf der Straße getroffen haben, hast du mir erzählt, dass du jetzt auch als Musiklehrerin an

Kiras Schule jobbst. Da habe ich eins und eins zusammengezählt und kam zu dem Ergebnis, dass du dann wahrscheinlich einen Generalschlüssel zur Schule hast.«

»Vadim, was hast du getan?!« Okay. Jetzt klingt Anna nur noch empört.

»Es war ganz einfach. Als wir den Kaffee getrunken haben, warst du kurz auf der Toilette. In dieser Zeit habe ich den Schlüsselbund aus deiner Handtasche genommen und mit Knetgummi Abdrücke von jedem deiner Schlüssel gemacht. Waren Gott sei Dank nicht so viele. Bevor du zurückkamst, war ich längst damit fertig.«

Anna schnappt hörbar nach Luft.

»Du bist einfach unmöglich! Ich … ich …« Oje, ich hoffe, Anna behält die Nerven und vergisst vor lauter Ärger nicht, dass sie hier noch eine Mission hat!

»Ach komm, Anna!« Vadim lacht. »Ich habe lediglich ein paar Schulkindern geholfen. Und wenn du willst, helfe ich dir auch!«

Ein kurze Pause, ein Räuspern, dann hat sich Anna glücklicherweise wieder gefangen.

»Äh … ja … also wenn du mir da auch helfen könntest, den Schmuck von Tante Darya zu retten, wäre ich dir unendlich dankbar. Ich könnte dir jetzt schon zweihundert Euro dafür geben. Und den anderen Schmuck aus dem Pfandhaus könntest du natürlich behalten. Das lohnt sich bestimmt für dich.«

»Anna, wie ich schon sagte: Ich werde dir helfen. Aber nur unter einer Bedingung.«

»Sind zweihundert Euro nicht genug?«

Vadim schnaubt. »Nein, es geht mir überhaupt nicht um Geld. Ich will, dass du zu mir zurückkommst. Wenn du bei diesem alten Deppen Hagedorn kündigst und wieder bei mir einziehst, dann helfe ich dir.« Maunz! Das war so was von klar, dass dieser Verbrecher sofort versuchen würde, die Situation auszunutzen! Nein, ein Gentleman wird aus diesem Ganoven im Leben nicht mehr!

Anna atmet dramatisch tief ein, ganz so, als müsse sie eine sehr schwere Entscheidung treffen. Sie ist tatsächlich eine richtig gute Schauspielerin! »Gut, Vadim. Ich mache es. Ich komme zurück zu dir.«

Vadim beugt sich zu Anna vor und greift nach ihrer Hand. Grrrr und fauch! Am liebsten würde ich unter dem Raumteiler hervorspringen und ihn beißen!

»Anna, von diesem Moment habe ich in den letzten Monaten immer geträumt. Du machst mich zu einem sehr glücklichen Mann.«

Ha! Wenn der wüsste!

»Ich finde, zur Feier des Tages müssen wir etwas Besonderes trinken. Mal sehen, ob die in der Bude hier einen brauchbaren Champagner haben.«

Er greift über den Tisch und ... ZIEHT AN DER SPEISEKARTE!!! Und zwar mit einem so kräftigen Ruck, dass er den ganzen Kartenständer in die Luft reißt. Oh nein! Hoffentlich passiert jetzt nicht, was ich befürchte!

Plumps. Es passiert leider doch. Das sorgfältig versteckte Handy fällt auf die Tischplatte, genau vor Vadims Hände.

Ein gefährlicher Exfreund, ein Held des Tages und überraschende Talente.

Ich wage mich bis zum äußersten Rand des Raumteilers, um besser sehen zu können. Vadim starrt immer noch auf das Handy, das direkt vor ihm auf dem Tisch liegt.

»Was ist das?« Er greift nach dem Gerät und hebt es hoch. »Ist das deines?«

»Äh, nein, wieso?« Anna klingt furchtbar unsicher.

Vadim fasst in seine Hosentasche, zieht sein eigenes Handy hervor und tippt eine Nummer ein. Kurz darauf beginnt Annas Telefon zu brummen.

»Nein? Es ist nicht deins? Komisch, kann man aber mit deiner Nummer anrufen. Und wenn ich mir das Display so angucke, dann steht es momentan noch in Verbindung zu einem anderen Handy.« Er überlegt kurz. Aber wirklich nur SEHR kurz. »Sag mal, kann es sein, dass du mich hier reinlegen willst? Und dass wir die ganze Zeit über abgehört werden?«

»Aber Vadim, natürlich nicht! Das … das muss ein Zufall sein.«

Vadim springt vom Tisch auf und packt Anna am Handgelenk. »Du hältst mich wohl für total blöd, du niederträchtiges Biest! Was willst du wirklich von mir? Du kommst jetzt sofort mit mir mit und wir klären das draußen. Und Gnade dir Gott, wenn du dafür nicht eine sehr gute Erklärung hast!«

Er zerrt Anna von ihrem Stuhl hoch, die ist offenbar viel zu geschockt, um Gegenwehr zu leisten. Ich will aus meinem Versteck hervorkriechen, habe aber in diesem Moment solche Magenkrämpfe, dass ich mich kaum rühren kann. So ein Mist! Das passt mir jetzt gar nicht! Was ist bloß mit mir los? Und wo bleibt überhaupt Werner? Der muss das doch gehört haben!

Schon hat Vadim Anna mit sich nach draußen geschleift, und ich schleppe mich mühsam hinterher. Ein paar der anderen Gäste werfen uns zwar erstaunte Blicke hinterher, aber anscheinend will sich niemand einmischen. Na toll! Ihr Menschen seid vielleicht ein lahmer Haufen! Bewegt euch erst, wenn es euch selbst an den Kragen geht. Heilige Ölsardine, wo bleibt Werner nur?

Endlich kommt er aus dem hinteren Teil des Cafés gelaufen, dicht gefolgt von Babuschka. Er stößt die Tür auf, und zu dritt rennen wir hinaus auf die Straße. Dort, auf dem Bürgersteig vor dem Café, stehen Vadim und Anna. Er hält sie immer noch am Arm fest und schreit sie an, außer sich vor Wut. Anna wehrt sich zwar und versucht, nach Vadim zu treten, aber er lässt nicht locker. Es ist ein furchtbares Bild! Vielleicht hätten wir doch die Polizei informieren sollen.

»Hey, Sie! Lassen Sie sofort die Frau los!« Mit lauter, aber ruhiger Stimme spricht Werner Vadim an.

Der fährt zu ihm herum. »Ey, du Penner! Misch dich nicht ein – Familienangelegenheit!«

Vadim ist so wütend, dass ich meine, schon Schaum vor seinem Mund zu sehen. Ob auch Menschen Tollwut bekommen können?

»Ich sage es jetzt nur noch einmal, dann rufe ich die Polizei: Lassen Sie Anna sofort los!«

Vadim stutzt und lockert den Griff um Annas Handgelenk. »Ach, ihr beiden kennt euch? Bist du etwa dieser Professor?«

»Ja«, antwortet Werner knapp.

Ein gefährliches Funkeln schleicht sich in Vadims Augen. »Ach nee, der alte Sack will hier den Helden spielen!«, ruft er höhnisch. »Weißt du was? Da hättest du ein paar Jahre früher kommen müssen! Aber gut, dass wir uns endlich treffen, mit dir habe ich ohnehin noch eine Rechnung offen. Niemand nimmt mir ungestraft mein Mädchen weg!«

»Vadim, jetzt hör auf mit dem Unsinn!« Mittlerweile hat auch Anna ihre Sprache wiedergefunden. »Lass mich endlich los!« Sie zieht noch einmal kräftig und kommt tatsächlich frei, allerdings scheint sich Vadim auch gar nicht mehr so für Anna als vielmehr für Werner zu interessieren.

Er macht einen Schritt auf ihn zu und bewegt sich dabei wie ein Raubtier kurz vor dem Sprung. Ich merke, wie sich bei mir sämtliche Haare von der Schwanzspitze bis zum Nacken aufstellen. Hier ist eine große Gefahr im Verzug, ich spüre es ganz deutlich.

»Hörst du, alter Mann? Niemand nimmt mir mein Mädchen weg!«

»Vadim, was soll das?«, schreit Anna ihn an. »Der Herr Professor hat mich dir nicht *weggenommen*. Ich habe dich damals verlassen, weil du völlig durchgedreht bist – schon vergessen? Ich habe ein Dach über dem Kopf gebraucht, und er hat mich netterweise aufgenommen. Nicht mehr und nicht weniger!«

Leider reagiert Vadim überhaupt nicht auf Anna, stattdessen macht er noch einen Schritt auf Werner zu und zieht dann plötzlich etwas aus der Tasche. Was ist das bloß? Ich sehe genauer hin – ach du gütiger Katzengott! Er hat ein MESSER!

Werner schnappt nach Luft. »Sind Sie jetzt völlig verrückt geworden? Legen Sie das sofort weg!«

Vadim lacht. »Ja, jetzt machst du dir gleich in die Hosen, nicht wahr? Komm schon! Zeig mir mal, was du kannst!« Er fuchtelt mit dem Messer in Werners Richtung und geht weiter auf ihn zu. Werner weicht einen Schritt zurück, aber viel Platz hat er nicht mehr – er steht fast mit dem Rücken an der Wand.

Aus dem Augenwinkel sehe ich, dass Babuschka in ihrer Handtasche kramt und etwas zu suchen scheint. Ob sie auch ein Messer dabeihat? Oder sucht sie etwa ihren Lippenstift? Dieser Frau traue ich alles zu, auch, dass sie sich in einer Situation wie dieser noch einmal seelenruhig die Lippen nachzieht.

Mittlerweile steht Vadim direkt vor Werner und zielt mit dem Messer auf ihn.

»Los, Professor! Wehr dich, wenn du kannst!«

Oh nein! Was soll mein armer Professor jetzt bloß machen? An der Universität hat er bestimmt nicht viel Übung mit Gewaltverbrechern sammeln können! Und warum muss ich mich ausgerechnet jetzt so schlecht fühlen, dass ich nicht ins Geschehen eingreifen kann? So ein Unglück!

Während ich noch mit mir hadere, geht auf einmal alles ganz schnell. An mir vorbei fliegt ein heller Schatten und landet auf Vadims Arm. Der schreit los und taumelt einen Schritt zurück, das wiederum nutzt Werner sofort für einen spitzenmäßigen Gegenangriff. Er holt aus und verpasst Vadim einen kräftigen Faustschlag, mitten ins Gesicht! Vadim sagt keinen Ton mehr, sondern fällt wie ein Mehlsack einfach zur Seite, wo er auf dem Boden liegen bleibt.

Donnerknispel! War Werner in einem früheren Leben mal Box-Profi?

»Frau Kovalenko, gut, dass Sie die Polizei gerufen haben! Das war genau die richtige Entscheidung. Ich verstehe beim besten Willen nicht, warum hier offenbar jeder meint, auf eigene Faust Polizei spielen zu müssen!« Herr Bange lobt Babuschka überschwänglich, was diese sichtlich genießt.

Tatsächlich hat Babuschka vorhin nämlich nicht nach ihrem Lippenstift, sondern nach ihrem Telefon gekramt, und kaum lag Vadim am Boden, kamen auch schon zwei Streifenwagen um die Ecke gebraust. Noch bevor Vadim wieder richtig zu sich kam, klickten bei ihm schon die Handschellen, und er fand sich auf dem Rücksitz eines der Polizeiautos wieder.

Ich schätze mal, er befindet sich zum jetzigen Zeitpunkt in einer kuscheligen Gefängniszelle, während wir – mal wieder! – auf dem uns schon so vertrauten Kommissariat sitzen und eine gehörige Standpauke von Herrn Bange bekommen.

»Aber immerhin haben wir Ihnen den Täter jetzt gewissermaßen geliefert«, verteidigt Werner noch mal zaghaft unser Vorgehen. »Ich glaube, das mit der Tonaufnahme hat auch geklappt.«

Herr Bange verdreht die Augen. »Also bitte – davon möchte ich jetzt nichts mehr hören! Es ist streng verboten, heimlich Tonaufnahmen von nicht öffentlichen Gesprächen zu machen. Dafür braucht auch die Polizei eine richterliche Erlaubnis! Also kein Wort mehr davon, Sie Hobbypolizist!«

»'tschuldigung«, murmelt Werner kleinlaut.

Anna räuspert sich. »Herr Hagedorn kann nichts dafür. Im Gegenteil: Er wollte Sie gleich anrufen. Es war meine

Idee, es erst mal selbst zu versuchen. Ich sehe inzwischen ein, dass das Unsinn war.«

Herr Bange seufzt. »Na, wenigstens haben sich die Kinder diesmal rausgehalten.« Er wirft Kira, Pauli und Tom, die ganz brav und mucksmäuschenstill auf ihren Stühlen in Banges Büro sitzen, einen Blick zu. »Und es ist gerade noch einmal gut gegangen. Herr Todorowitsch hat bereits gestanden, in den Einbruch ins Wilhelminen-Gymnasium verwickelt gewesen zu sein. Die näheren Hintergründe werden wir sicherlich im Laufe der weiteren Vernehmungen herausbekommen, aber Ihr Verdacht war goldrichtig.«

»Ha, sehen Sie!« Anna klatscht in die Hände.

Bange guckt sie nachdenklich an. »Trotzdem: Sie haben jetzt selbst gesehen, wie schnell eine solche Situation außer Kontrolle geraten kann. Nicht auszudenken, wenn es noch eine Messerstecherei gegeben hätte!«

Werner nickt. »Ja, ich habe der kleinen weißen Katze wirklich viel zu verdanken. Wenn die nicht gewesen wäre … sie ist tatsächlich der Held der Stunde.«

Stimmt. Das habe ich ganz vergessen … äh … zu erwähnen. Oder ehrlicher gesagt: Ich habe versucht, es zu verdrängen, aber der Held der Stunde heißt Francesco. Der helle Schatten war unser italienischer Kollege, der sich mit Todesmut auf Vadim gestürzt und ihn so abgelenkt hat. Hut ab, das war eine beachtliche Leistung! Es ist eben so, wie Spike sagte, als das erste Mal von Francesco die Rede war: Er ist ein echter Straßenkämpfer, gestählt in der rauen Wirklichkeit von Palermo!

Ich meine – wenn ich nicht solche Magenprobleme gehabt hätte, hätte ich es natürlich nicht anders gemacht. Aber an dieser Stelle gilt leider der alte Spruch: Hätte, hätte, Fahrradkette. Und so kommt es, dass nun Francesco der Retter ist. Und nicht Winston. Maunz … jetzt fühle ich mich auf einmal doch sehr schlecht.

Eine Überraschung. Nein – zwei Überraschungen.

Heldenmut zahlt sich übrigens nicht immer aus. Und so hat auch Francesco momentan leider gar nichts von seinem Weltklasse-Einsatz. Im Gegenteil: Vadim hat ihn im Fallen unter sich begraben, und nun sitzt der arme Francesco mit einer angeknacksten Pfote und einer Rippenprellung beim Tierarzt. Oder besser gesagt bei unserer Tierärztin Frau Dr. Wilmes. Dort hatte ihn die Polizei nach seiner tapferen Rettungsaktion gleich abgegeben.

Auf dem Rückweg vom Polizeikommissariat sammeln wir Francesco also in der Praxis ein, wobei »wir« in diesem Fall Werner und ich sind. Anna, Babuschka, die anderen Kinder und Odette sind schon nach Hause gefahren. Nur ich muss noch mit zur Frau Doktor, nachdem auch Werner nicht entgangen ist, dass ich schlapper bin als sonst.

Ich HASSE Tierarztbesuche, und als ich erst mal auf dem Untersuchungstisch hocke, fällt mir erst so richtig auf, welch ein Fehlschlag der heutige Tag in persönlicher Hinsicht für mich ist. Frau Dr. Wilmes drückt auf meinem

Bäuchlein herum, hört es ab und dreht sich dann zu Werner um. »Tja, er hat tatsächlich ziemliche Darmgeräusche. Hat er etwas Ungewöhnliches gefressen? Etwas, das normalerweise nicht auf seiner Speisekarte steht?«

Werner schüttelt den Kopf. »Nein, nicht, dass ich wüsste. Seitdem er neulich einen ganzen Topf mit Nudeln und Hackfleisch heimlich verputzt hat, ist er unter ständiger Beobachtung.«

Dr. Wilmes lacht. Na toll. Jetzt bin ich also der verfressene Kater!

»Oder Stress gehabt in letzter Zeit?«, will sie dann wissen.

»Das allerdings kann man wohl sagen. Ohne Sie mit der ganzen Geschichte zu langweilen, aber dieser Kater musste heute so einiges über sich ergehen lassen.«

»Hm. Das würde es erklären. Ich habe den Eindruck, Winston ist etwas verspannt. Manche Tiere können mit Stress einfach nicht gut umgehen. Wahrscheinlich braucht er einfach ein bisschen Ruhe, dann geht es ihm gleich wieder besser.«

Noch toller. Ich bin verfressen UND ein Weichei!

»Das ist ein guter Tipp«, stimmt Werner Dr. Wilmes zu. »Ein bisschen Ruhe können wir momentan alle gut vertragen.«

»Genau. Wenn das nichts hilft, kommen Sie morgen wieder. Dann schaue ich noch mal genauer nach. Ihrem anderen Kater geht es auch schon wieder ganz gut. Ich habe ihm ein Schmerzmittel gegeben und die Pfote geschient, damit er sie ein bisschen schont. Aber alles nichts

Wildes. Können Sie mir die Adresse seines Besitzers geben? Wegen der Rechnung?«

Werner seufzt. »Ich fürchte, ich muss das erst mal auslegen. Ich kenne den Besitzer gar nicht. Die Kinder sagen, der Kater sei ihnen gewissermaßen zugelaufen. Vielleicht muss ich ihn auch ins Tierheim bringen.«

Dr. Wilmes überlegt kurz. »Moment. Ich schau mal, ob das Tier gechippt ist. Dann kann ich in unserer Datenbank nachgucken. Vielleicht hat sein Besitzer ihn registrieren lassen.«

Sie geht zur Tür und öffnet sie. »Miriam, kannst du mir mal den weißen Kater aus Box eins reinbringen? Danke!«

Sekunden später hockt Francesco neben mir auf dem Tisch.

»*Ciao*, mein Lieberrr!«, begrüßt er mich freundlich.

»Hallo, Francesco! Geht es dir wieder besser?«

»*Certo.* Ich weiße auch gar nicht, was wolle Menschen jetzt wiederrr von mir?«

»Die wollen gucken, wem du gehörst. Also suchen sie deinen Chip.«

»Was?!« Francesco zuckt zusammen, als habe ihn jemand gehauen. Wie seltsam! Ein so mutiger Kater sollte doch keine Angst vor einem Chiplesegerät haben!

Frau Dr. Wilmes untersucht kurz Francescos Hals, dann hat sie tatsächlich einen Chip gefunden und hält das Gerät, das im Wesentlichen wie die Fernbedienung von Werners Fernseher aussieht, an die Stelle.

»So, die Nummer habe ich schon mal. Dann hoffe ich,

dass das Kerlchen auch registriert ist. Bin gleich wieder da.«

Kurz darauf kehrt sie mit einem Zettel in den Untersuchungsraum zurück. »Treffer!«, ruft sie fröhlich. »Das Kerlchen hört auf den Namen Franz-Josef und kommt aus Weddelbrook. Das ist ein ganz kleines Nest auf dem platten Land bei Bad Bramstedt in Schleswig-Holstein. Kenne ich zufällig, weil ich in Bad Bramstedt mal Golf gespielt habe. Die Besitzerin von Franz-Josef ist auch eingetragen, eine gewisse Antonia Meister.«

Franz-Josef aus Weddelbrook? Ich mustere Francesco eindringlich, der schaut betreten zu Boden.

»Soll ich den Kater hierbehalten und Frau Meister anrufen?«

»Nicht nötig. Ich nehme das Kerlchen mit und rufe die Dame an. Immerhin hat ihr Kater mich gerettet. Da hat er sich natürlich noch eine Belohnung verdient. Er darf gern auf unserem Sofa liegen, solange er auf sein Frauchen wartet.«

Nur gut, dass Fränzchen so schlank ist! Mit Spike jedenfalls hätte ich bestimmt nicht zusammen in die Transportbox gepasst, in die uns Werner auf der Heimfahrt wieder beide hineingesetzt hat. Mittlerweile platze ich fast vor Neugier, beschließe aber, zu warten, bis Francesco von allein mit der Sprache herausrückt. Oder sagen wir mal so:

Ich versuche zu warten. Irgendwann kann ich mich allerdings nicht mehr beherrschen.

»Was meinte Frau Dr. Wilmes, als sie sagte, du kämest aus Weddelbrook? Ich bin wirklich kein Fachmann, aber das klingt nicht gerade nach einem Vorort von Palermo. Im Grunde genommen klingt das nicht mal italienisch. Genau wie der Name Franz-Josef. Ich kann mir eigentlich keinen deutscheren Namen vorstellen.«

Francesco sagt nichts.

»Hey, Kollege! Ich rede mit dir! Was ist los?«

»Es stimmt.« Er schaut betreten zu Boden. »Ich heiße gar nicht Francesco, sondern Franz-Josef. Antonia, meine menschliche Mitbewohnerin, nennt mich meistens Fränzchen. Und ich wohne nicht in Palermo, sondern auf dem Land. In Holstein. Auf dem halben Weg an die Ostsee.«

Das ist ja der Oberknaller! Von wegen Straßenkämpfer! France … äh … *Franz-Josef* ist ein Landei! Ein Fischkopp! Und sein alberner italienischer Akzent ist auch plötzlich wie weggepustet. Ich kann mir ein Kichern nicht verkneifen. Fränzchen guckt sauertöpfisch, sagt aber nichts weiter dazu. Als ich mich wieder beruhigt habe, hake ich noch mal nach.

»Warum hast du dir denn diese ganze Story ausgedacht?«

»Ja, warum wohl?«

»Keine Ahnung. Sag du es mir.«

»Ist doch wohl klar. Ich wollte etwas Besonderes sein.«

»Etwas Besonderes?«

»Ja. So wie du. Ich meine: in den Augen von Odette.«

Obwohl ich so ein schlauer Kater bin, stehe ich gerade völlig auf dem Schlauch. Wie meint er das?

»Ich kann dir gerade nicht ganz folgen. Wieso in den Augen von Odette?«

»Also, es war so: Meine Antonia macht gerade ein Praktikum in Hamburg. In ihrem WG-Zimmer habe ich mich gelangweilt, und deswegen bin ich ein bisschen rumgestromert. Als ich das erste Mal in euren Hof geschaut habe, da habt ihr mich überhaupt nicht bemerkt. Ich habe euch eine Weile beobachtet, dich und Odette. Ihr lagt auf dem Unterstand für die Mülltonnen. Du hast etwas erzählt, und sie hat dich so bewundernd und liebevoll angeschaut – man hat sofort gesehen, dass du für sie etwas ganz Besonderes bist. Und Odette ist so wunderschön, ich habe dich glühend beneidet. Als ich sie ein paar Tage später ohne dich getroffen habe, da … äh … tja, da habe ich mich einfach in Francesco, den Abenteurer verwandelt. Um sie zu beeindrucken, verstehst du? Antonia schwärmt immer so von den italienischen Männern, wie viel Temperament die haben und wie viel Charme – ich habe gedacht, vielleicht funktioniert das unter Katzen auch. Und Palermo ist die einzige italienische Stadt, die ich kenne. Der Inhaber von Antonias Lieblingspizzeria kommt aus Palermo.«

»Du hast dir das alles nur ausgedacht? Das ganze Gequatsche über Italien? Weil du bei Odette Eindruck schinden wolltest? Ich fasse es nicht!«

Fränzchen lässt den Kopf hängen. »Ich weiß, es war doof

von mir. Aber ich konnte dann auch nicht mehr raus aus der Nummer. Der Akzent, der Name, die angeblichen Geschichten aus Palermo – wie hätte ich erklären sollen, dass ich gelogen habe? Ich habe mich da total vergaloppiert – und trotzdem redet Odette nur von dir.«

Eines ist mal klar: Fränzchen verfügt über eine lebhafte Fantasie. Ob ich mir so eine wilde Geschichte hätte ausdenken können? Wer weiß. Immerhin ging es um Odette, und ich kann schon verstehen, wie Fränzchen sich gefühlt hat. Ich denke kurz nach. »Ich würde mal sagen, deine ganze Aktion war komplett überflüssig.«

»Wieso?«

»Ist doch klar: Wie sich heute gezeigt hat, ist Francesco auch als Franz-Josef ein cooler Kater. Aber so was von!« Ich muss grinsen.

»Findest du wirklich?« Fränzchen schaut mich sehr unsicher an.

»*Si certo*, wie Francesco sagen würde. Aber klar doch. Dein Sprung auf Vadim war sehr mutig! Ohne dich hätte das ganz böse enden können. Also, die Italien-Nummer war Blödsinn. Aber ein guter Typ bist du trotzdem.«

Fränzchen legt den Kopf schief und blickt mich verlegen an. »Ähm, das ist voll nett von dir, danke! Und … äh … wie geht es jetzt weiter?«

Ich seufze. »Na, wie wohl, Kumpel? Ich werde Odette nichts sagen.«

Fränzchen atmet erleichtert auf.

»Aber«, füge ich hinzu, »vielleicht wäre es schlau, wenn

du es ihr selbst erzählst. Bevor sie es irgendwann alleine merkt, meine ich. Das wäre erst recht peinlich.«

»Hm. Du hast recht. Ich werde es ihr sagen … irgendwann mal. Danke, Kumpel!«

Zu Hause angekommen, wartet eine angenehme Überraschung auf uns: Babuschka hat zur Feier des Tages ein spontanes Festmahl gekocht – und zwar auch für Odette, Francesco und mich. Gemeinsam hocken wir in der Küche und warten darauf, dass Babuschka unsere Näpfe füllt und Kira sie uns vor die Nase stellt. Die lächelt, als sie uns das leckere Fressen präsentiert.

»Guck mal, mein lieber Winston, ein Service fast wie im Restaurant! Hättest du gedacht, dass du mit Odette hier mal so schick essen würdest? Romantisch, oder? Das habt ihr euch aber so etwas von verdient.«

Sie krault uns alle und Odette schnurrt.

»Ist wirklich klasse hier, Winston. Allerdings fürchte ich, für ein wirklich romantisches Essen sind wir eine Katze zu viel.« Dann flüstert sie in mein Ohr: »Das holen wir irgendwann ohne Francesco nach, richtig?«

Falls Fränzchen das mitbekommen hat, tut er jedenfalls so, als habe er nichts gehört. Stattdessen frisst er gierig weiter.

»Willst du wirklich mal etwas mit mir allein machen?«, frage ich Odette.

Die nickt. »Das wollte ich schon die ganze Zeit. Hat mich nur geärgert, dass du immer so eifersüchtig auf Francesco warst. Das hast du doch gar nicht nötig. Was ist schon ein italienischer Straßenkämpfer gegen einen schlauen Hamburger Professorenkater?«

Dazu sage ich nichts, sondern genieße das warme Gefühl in meinem Bauch. Ich glaube nicht, dass das nur an Babuschkas köstlichem Essen liegt!

Nach dem Fressen lümmeln wir alle im Wohnzimmer herum. Fränzchen wartet auf seine menschliche Mitbewohnerin, Odette macht nach dem aufregenden Tag ein Nickerchen, und ich überlege, ob ich in der Küche noch einen Nachschlag abstauben kann. Schließlich habe ich wegen meines Bauchwehs fast den ganzen Tag nichts gegessen, und der Napf vorhin war zwar nicht schlecht, hat mich aber eher noch hungriger gemacht.

Ich hüpfe also vom Sofa und mache mich auf den Weg Richtung Küche. Dort stehen gerade Werner und Anna und unterhalten sich. Sehr gut, also ist menschliches Servicepersonal vorhanden, um mir noch eine Portion aufzufüllen.

Gerade will ich lautstark maunzen, um meinem Wunsch nach einem Nachschlag Ausdruck zu verleihen, da lässt mich der Klang von Annas Stimme stutzig werden. Er ist so *weich*!

»Weißt du, Werner, in einer Sache muss ich dich korrigieren«, haucht Anna geradezu.

»Nämlich?«

»Na, du hast eben bei der Polizei gesagt, dieser kleine weiße Kater sei der Held der Stunde.«

Werner lacht. »Stimmt. Das habe ich gesagt.«

»Aber das war falsch. Für mich war jemand anderes der Held. Auch wenn er sich selbst gar nicht so fühlt.«

Nanu? Redet Anna etwa von mir? Ganz falsch wäre das ja nicht, immerhin habe ich auch maßgeblich dazu beigetragen, Vadim das Handwerk zu legen. Neugierig komme ich näher geschlichen, aber die beiden beachten mich gar nicht.

»Äh, von wem redest du denn?« Werner klingt unsicher, und diesmal lacht Anna.

»Von dir natürlich! Du hast Vadim immerhin k.o. geschlagen. Ich bin wirklich kein Freund von Gewalt, aber das hast du sehr heldenhaft gemacht und mich damit gerettet. Du bist der wahre Held der Stunde. Ach was, des Tages! Auf alle Fälle bist du mein Held.«

»Oh.« Mehr sagt Werner nicht, sondern schaut verlegen zu Boden. Als er schließlich wieder hochguckt, hat sich sein Blick verändert und sieht plötzlich sehr entschlossen aus. Dann legt Werner seinen Arm um Annas Schultern, zieht sie an sich heran und … KÜSST SIE! Mein Werner küsst tatsächlich Anna! Mir fallen vor Schreck fast die Schnurrhaare aus!

»Hey, hat er sich endlich getraut?« Odette schläft gar nicht mehr, sondern steht neben mir.

»Oh … ähm … also, ich denke – ja!«

Odette schnaubt. »Das hat aber auch gedauert! Die Männer in diesem Haus sind wirklich ein bisschen schwerfällig, wenn es um die Romantik geht.«

»Wen meinst du denn mit *die Männer*?«, will ich von ihr wissen. Odette legt den Kopf schief und grinst mich an. »Ach, komm. Das kannst du dir doch denken.«

Das kann ich tatsächlich. Und nehme mir in diesem Moment vor, bei nächster Gelegenheit genau so entschlossen zu sein wie Werner. Also: Vergesst Schnurrlock Holmes! Ich bin Winston Churchill, ein mutiger Kater! Und ein romantischer noch dazu. Ihr werdet es schon sehen!

Danke! oder: Lass das mal den Winston machen …

Heute kommt an dieser Stelle ein sehr edler, sehr schlauer und sehr schwarzer Kater zu Wort. Nämlich ich, Winston Churchill! Also, meine Lieben – das macht mir langsam so richtig Spaß mit euch, den Leserinnen und Lesern, und dafür habt vielen Dank! Ihr habt mir sehr viele E-Mails und Briefe geschrieben – Frauke hat sie mir alle vorgelesen. Auch tolle Bilder habt ihr mir gemalt, darüber habe ich mich sehr gefreut! Sogar aus Ländern, in denen ich noch nie war, habe ich Post bekommen. Zum Beispiel aus der Schweiz. Von dort kamen besonders viele Briefe, sodass ich mir schon überlegt habe, dort einmal hinzufahren, denn da müssen viele nette Kinder wohnen und Frauke, die dort schon häufiger war, sagt, dass die Schweiz überhaupt ein sehr schönes Land ist.

Damit ihr aber mein neues Abenteuer überhaupt lesen (oder hören) könnt, mussten außer Frauke noch einige andere Erwachsene sehr fleißig sein. Ich will als Bespiel nur einige von ihnen nennen: Christiane Rittershausen (Lektorin), Judith Schwemmlein (Veranstaltungen), Bettina Keil (Agentin), Britta Lang und Kerstin Avemark (für das Hörbuch) und Viliya Gilyazitdinova (Übersetzungen) haben sich wieder richtig ins Zeug gelegt. Okay, mindestens ein Herr war auch dabei – nämlich Nicolai Lindner (Online-Marketing). Und natürlich Fraukes Mann Bernd, der immer als erstes liest, was ich ausgeheckt habe.

Ich hoffe, ihr seid mit dem Ergebnis genauso zufrieden wie ich. Denn bei meinem geliebten Kratzbaum – das bin ich!

Euer Winston

Frauke Scheunemann, geboren 1969 in Düsseldorf, ist promovierte Juristin. Sie absolvierte ein Volontariat beim NDR und arbeitete anschließend als Journalistin und Pressesprecherin. Seit 2002 ist sie freie Autorin. Ihre Romane um den kleinen Dackel Herkules waren monatelang auf der Spiegel-Bestsellerliste. Frauke Scheunemann ist verheiratet und lebt mit ihrem Mann, ihren vier Kindern und dem kleinen Hund Elmo in Hamburg.

WINSTONS MISSIONEN

Ein cooler Kater auf Verbrecherjagd!

Loewe

Band 1
ISBN 978-3-7855-7780-6

Band 2
ISBN 978-3-7855-7781-3

So ein Katerleben ist herrlich, findet Winston. Man kann den ganzen Tag gemütlich auf dem Sofa herumliegen und Geflügelleber mit Petersilie futtern. Lecker! Doch als Winstons Herrchen eine neue Haushälterin einstellt, die mit ihrer Tochter in die Wohnung einzieht, ist es aus mit der Ruhe: Kira und ihre Mutter haben nämlich jede Menge Probleme im Gepäck, und ehe er sichs versieht, steckt Winston mitten in einem echten Kriminalfall …

Loewe